Pablo De Santis

Voltaires Kalligraph

Aus dem Spanischen von
Claudia Wuttke

Unionsverlag

metro – Spannungsliteratur im Unionsverlag,
herausgegeben von Thomas Wörtche

Die Originalausgabe erschien 2001 unter dem Titel
El calígrafo de Voltaire bei Ediciones Destino, Barcelona.
Deutsche Erstausgabe

Die Übersetzung aus dem Spanischen wurde
unterstützt durch die Gesellschaft zur
Förderung der Literatur aus Afrika, Asien
und Lateinamerika e.V. in Zusammenarbeit
mit der Kulturstiftung PRO HELVETIA.

Im Internet
Aktuelle Informationen,
Dokumente, Materialien
www.unionsverlag.com

Rieterstrasse 18, CH-8027 Zürich
Telefon +41 1 281 14 00, Fax +41 1 281 14 40
mail@unionsverlag.ch

Umschlagbild: Jean Huber, »Le Lever de Voltaire« (1765)
Foto: AKG / Erich Lessing
Druck und Bindung: Freiburger Graphische Betriebe
ISBN 3-293-00328-1

Erster Teil

Der Gehängte

Die Reliquie

Ich erreichte diesen Hafen mit wenig Gepäck: vier Hemden, mein Schreibwerkzeug und ein Herz in einem Glasbehälter. Die Hemden waren fleckig und mit Tintenklecksen übersät, und die Meerluft hatte meine Federn ruiniert. Das Herz hingegen hatte die Reise – den Unwettern und der Feuchtigkeit in meiner Koje zum Trotz – gänzlich unbeschadet überstanden. Herzen verausgaben sich im Leben. Danach kann ihnen nichts mehr Schaden zufügen.

Heutzutage kursieren unzählige philosophische Reliquien in Europa, die meisten von ihnen sind allerdings so falsch wie die Gebeine der Heiligen in den Kirchen. Früher waren sie die großen Helden dieses Aberglaubens. Doch wer risse sich heute noch um eine Rippe, einen Finger oder um das Herz eines Heiligen? Die Knochen und Schädel von Philosophen hingegen sind ein Vermögen wert.

Sobald irgendein Sammler in Paris einem Antiquar gegenüber vertrauensselig den Namen Voltaire fallen lässt, wird er sofort in ein Hinterzimmer geführt, wo man ihm unter dem Mantel der Verschwiegenheit ein

Herz zeigt, das eher einem Stein gleicht und in einem goldenen Kasten oder einer Urne aus Marmor ruht. Die Summe, die sie dafür im Namen der Philosophie fordern, ist horrend. Ein düsterer, trügerischer Glanz umgibt diese falschen Herzen, während das echte hier bei mir liegt, auf dem Tisch, an dem ich schreibe. Der einzige Reichtum, den ich ihm anbieten kann, ist das Licht des Nachmittags.

Ich lebe in einem winzigen Zimmer, dessen Wände von Tag zu Tag brüchiger werden. Die Holzbretter auf dem Fußboden sind lose, und einige von ihnen kann man mühelos herausnehmen. Bevor ich morgens zur Arbeit gehe, deponiere ich das in ein abgeschabtes rotes Samttuch eingewickelte Gefäß in dem Hohlraum darunter.

Auf der Flucht aus all den Häfen, in denen man unsere Zunft als das letzte verbliebene Übel der alten Regierung betrachtete, gelangte ich schließlich zu diesem.

Im Nationalkonvent konnte man sich nur mit lauter Stimme durchsetzen, wir aber, die Kalligraphen, hatten lediglich gelernt, uns schreibend zu verteidigen. Und obwohl es sogar jemanden gab, der vorschlug, uns bloß die rechte Hand abzuschlagen, siegte am Ende die einmütige Überzeugung, es solle doch besser gleich der Kopf sein.

Meine Kollegen hoben weder den Blick von ihren Schreibtischen, noch machten sie sich die Mühe zu verstehen, was diese Rufe eigentlich besagten, die sie von Ferne hörten. Geduldig transkribierten sie weiter die Texte, die ihnen längst enthauptete Funktionäre zur Abschrift gegeben hatten. Manchmal, sei es als Warnung oder als Drohung gemeint, schob man ihnen eine verschmierte Liste der Verurteilten unter der Tür durch, und meine Kollegen übertrugen sie, ohne zu bemerken, dass ihr eigener, verlorener Name darauf stand.

Ich konnte entkommen, weil man mich vor Jahren gelehrt hatte, meine Augen vom Papier zu lösen. Ich hatte mir einen neuen Namen und einen weniger gefährlichen Beruf gegeben, hatte die Dokumente gefälscht, mit denen es mir gelang, die Wachposten zwischen dem einen und dem anderen Bezirk, zwischen der einen und der anderen Stadt zu passieren. Ich floh nach Spanien, aber mein Drang, möglichst weit weg zu kommen, hielt mich dort nicht lange. Ich heuerte auf dem einzigen Schiff an, das mich zerlumpt und mit dem wenigen Geld, das ich bei mir hatte, überhaupt aufnahm. Noch nie zuvor hatte ich – vielleicht in Erinnerung an meine Eltern, die bei einem Schiffbruch ums Leben gekommen waren – meinen Fuß auf eine Planke gesetzt. In der Kajüte des Kapitäns wurden mir die zusätzlichen Leistungen diktiert, die ich für meine Überfahrt zu erbringen hatte, und ich bereitete mich auf eine gehörige Portion Korrespondenz mit Gläubigern und der Damenwelt vor. Im Nachhinein kann ich dankbar sein, dass meine Briefe noch einmal durchgesehen und die Fehler korrigiert wurden, denn so beherrschte ich bald die spanische Sprache.

Die Reise dauerte lange, das Schiff lief Hafen um Hafen an, und doch konnte ich mich nicht dazu entscheiden, in einem von ihnen von Bord zu gehen. Ich studierte die Formationen der Küsten und hoffte auf ein Zeichen, das mir meinen zukünftigen Platz bedeuten würde. Aber es gab nur ein Signal, das ich letztlich verstand, jenes nämlich, das besagte: Die Reise ist zu Ende. Im letzten Hafen vor der Rückkehr ging ich an Land.

Diese Stadt sucht sich niemand freiwillig aus. Wer hier landet, der flieht vor einer Regierung oder einer anderen Gefahr und kehrt schließlich der Welt selbst den Rücken. Als mich die Boote zum Ufer brachten, glaubte ich, dass mein Leben als Kalligraph ein Ende gefunden hatte, dass ich nie wieder einen Tropfen Tinte finden würde. Wer sollte in diesen dunklen, schlammigen Gassen schon nach einem Schreiber verlangen? Doch auch darin habe ich mich geirrt, denn bald schon entdeckte ich, dass das geschriebene Wort an diesem Ort zutiefst verehrt wurde, mehr noch als in den Städten Europas. Die Menschen hier lieben die gestempelten und unterschriebenen Anweisungen, die Papiere, die von Hand zu Hand gereicht werden und nach weiteren Papieren verlangen, die minutiösen Bestellungen, die nach Europa geschickt werden, die Liste mit den auf der Überfahrt beschädigten Waren. Alles hier wird gestempelt und in großen, von Arabesken geschmückten Lettern unterschrieben, bevor es in den ihnen gebührenden Schränken archiviert wird, die in ihrer Unordnung die Dokumente für immer schlucken.

Jeden Morgen setze ich in einem eiskalten Büro des Gemeindehauses offizielle Schreiben oder Gerichtsurteile auf. Die Angestellten erwähnen Voltaires Namen häufig, wenn ich ihnen aber sagen würde, dass ich für ihn gearbeitet habe, würden sie es mir nicht glauben. Für sie steht fest, dass alles, was sich jenseits ihrer Ufer ereignet, nicht wahr ist oder keine Bedeutung hat.

Der Wind dringt in mein Zimmer und fährt durch meine Papiere. Damit sie nicht wegfliegen, stelle ich das Herz darauf.

Erste Buchstaben

Nachdem meine Eltern bei dem Untergang der *Retz* ums Leben gekommen waren, kam ich zu meinem Onkel, dem Marschall de Dalessius. Er fragte mich nach meinen Fähigkeiten, und ich zeigte ihm ein paar Blätter, auf denen ich so getan hatte, als würde ich ein neues Alphabet erfinden. Auf einer Seite glichen die Buchstaben den Ästen eines Baumes, mit angedeuteten Blättern und zarten Verzweigungen. Eine andere Pappe zeigte orientalische Gebäude und Paläste, und auf der kunstvollsten, der dritten, weigerten sich die Buchstaben, Buchstaben zu sein. Mein Onkel wartete nur auf ein Zeichen, das ihm ermöglichte, mich loszuwerden, und so kamen ihm die Alphabete gerade recht. Er schickte mich in Monsieur de Vidors Schule für Kalligraphie, in der unter anderem schon der sagenumwitterte Silas Darel gelernt hatte.

Es dauerte jedoch nicht lange, und ich bekam Schwierigkeiten mit den Lehrern, weil es mir bald nicht mehr reichte zu schreiben. Ich wollte Federn und Tinte erfinden, wollte unsere Zunft neu begründen. Gestraft durch das Fehlen wahrer Meister, siechte die Kalligraphie dahin, umstellt von den Druckereien, reduziert auf isolierte Grüppchen oder einzelne Schreiber. Ich suchte in den Geschichtsbüchern nach Helden, die ich als Kalligraphen betrachten konnte, aber ich fand nur solche, die nie ein Wort schrieben.

Die Unermüdlichsten von uns, die, die den Weg von Silas Darel zu verfolgen suchten, stöberten nach Spuren, wo immer sie konnten, angefangen bei alten Schulhandbüchern bis hin zu den anonymen Abhandlungen der

Kryptographie. So tot war dieser Berufsstand, dass wir uns als Archäologen unserer eigenen Zunft verstanden.

In dem Raum, in dem die Dokumente ausgestellt wurden, herrschte eine Ruhe, die lediglich vom Kratzen der Federn auf dem Papier unterbrochen wurde, und dieses Geräusch war die Metapher der Stille selbst. Der Saal war lang und an beiden Seiten mit Fenstern versehen, die auf Geheiß der Verantwortlichen stets geöffnet sein mussten, sogar im Winter, denn man meinte, dass ein gut gelüfteter Raum die beste Voraussetzung für einen gelungenen Buchstaben war. Durch die Öffnungen drangen Staub, kleine Zweige und Pinienblätter, die meine Kollegen ungehalten zur Seite wischten, die ich aber auf dem Blatt liegen ließ, weil ich der Meinung war, dass man die zufälligen Einflüsse, die den Prozess der Abschrift begleiteten, respektieren müsse. Mit Ausnahme einiger weniger beschieden sich die meisten mit dem Arbeitsmaterial, das die Schule alle sechs Monate von ihrem Lieferanten, einem portugiesischen Seemann, bezog: schwarze Tinte, die nach kurzer Zeit die Farbe verlor, rote Tinte, die schnell verklumpte, so grob geschöpftes Papier, dass die Buchstaben über die Dellen hüpften, als spielten sie Seilspringen, und blindlings aus dem Lager gegriffene Gänsefedern.

Nach dem Abendessen und den Gebeten übte ich mich in meiner Unterkunft oder im Garten neben dem Brunnen, dessen fauliggrünes Wasser mir ebenfalls zum Schreiben diente, an meinen eigenen Entwürfen. Meine bevorzugte Tinte mischte ich mir aus Schweineblut, Alkohol und rotem Safran. Auf dem Markt hatte ich den linken Flügel einer schwarzen Gans erstanden. Ich riss

Feder für Feder prüfend aus, und jede fünfzehnte hob ich auf. Hatte ich die richtigen erst zusammen, erhitzte ich in einem Kupferbehälter etwas Sand, den ich in eine Holzkiste schüttete, dann legte ich die Federn hinein und wartete, bis die Wärme sie gehärtet hatte.

Mein Werkzeug bewahrte ich in einem Nähkästchen auf, das einst meiner Mutter gehört hatte und das noch immer ihren bronzenen Fingerhut sowie den Duft nach Lavendel in sich barg.

Als ich die Schule de Vidors verließ, beschaffte mein Onkel mir eine Anstellung bei Gericht. Für uns, die wir einen Abschluss hatten, war das der übliche Weg. Die anderen kamen in Bibliotheken oder als Privatsekretäre bei den letzten betuchten Familien unter. Ich begann, mit meinem Nähkästchen zu Verurteilten und in die Büros von Regierungsbeamten zu ziehen und einer Tätigkeit nachzugehen, die sich durch ihre Vergänglichkeit und Sinnlosigkeit auszeichnete. Etwas ähnlich Stupides werde ich wohl kaum wieder erleben.

Einmal wurde einem zum Tode Verurteilten, dessen Urteilsspruch ich zu Papier gebracht hatte, das Blatt mit all den Schnörkeln und Lacksiegeln kurz vor Betreten des Schafotts gezeigt, worauf er sagte: Richten Sie dem Schreiber meinen Dank dafür aus, dass er meine Verbrechen in etwas derart Schönes verwandelt hat. Ich würde noch zehn Männer umbringen, wenn ich dafür wieder eine solche Zeichnung bekäme.

Ein größeres Kompliment hatte ich nie zuvor in meinem Leben bekommen.

Mein Zimmer füllte sich mit Behältern unterschiedlichsten Inhalts: der Tinte des Tintenfisches, dem Gift des Skorpions, einer Zinklösung mit Eichenblättern und Eidechsenköpfen. Ich hatte es auch bereits mit unsichtbarer Tinte versucht, auf die ein Exemplar der *De occulta calligraphia* verwies, das ich bei einem Buchhändler in der Rue Admont erstanden hatte und das in der Schule de Vidors verboten war. Das Buch sprach von wasserloser Tinte, die erst sichtbar wurde, wenn sie mit Blut in Kontakt kam, man Schnee dagegen rieb oder das Blatt mehrere Stunden lang ins wolkenlose Mondlicht hielt. Andersherum gab es Tinte, die ihre schwarze Farbe verlor, erst grau wurde, bis sie gar nicht mehr zu sehen war.

Meine Karriere als Gerichtsschreiber endete mit der Niederschrift des Todesurteils von Catherine de Béza, die des Mordes an ihrem Mann, General Béza, überführt worden war und ihn auch gestanden hatte. Der General war krank geworden, und seine Frau ließ nach dem alten Hausarzt rufen, der die Familie schon seit Jahrzehnten behandelte und der, selbst beinahe blind, dem General für gewöhnlich Medikamente verschrieb, die gar nicht mehr im Umlauf waren, und ihm, ohne ihn zu untersuchen oder nach den Beschwerden zu fragen diverse Gebrechen attestierte. An eben jenem Morgen aber wachte der alte Arzt mit Fieber auf und schickte als Vertretung einen jungen Mediziner, dessen Mentor er war. Als der Doktor kam, war der General schon tot. Ihm genügten wenige Minuten, um eine natürliche Todesursache auszuschließen: Mit einer Lupe untersuchte er die Fingernägel des Verstorbenen und entdeckte Reste von Arsen.

Madame de Béza wurde angeklagt und verurteilt. Man führte sie zum Schafott, aber der Henker konnte die Exekution nicht vornehmen, weil das Papier mit dem

Urteil, das noch vor wenigen Stunden bis an die Ränder voll mit Verfügungen gestanden hatte, jetzt nur ein weißes Blatt war, auf dem lediglich der rote Siegellack hervorstach.

Sie wollten mich der Mittäterschaft anklagen, und ich bemühte mich, meinen Fehler zu entschuldigen, indem ich einen gewissen Zusammenhang zwischen Wissenschaft und schicksalhafter Fügung herzustellen versuchte. So oder so aber musste ich für drei Monate hinter Gitter. Da einige der Anwesenden das Verschwinden der Tinte als göttliches Zeichen deuteten und sie es eher der Tugendhaftigkeit der Beschuldigten als der Dummheit des Kalligraphen zuschrieben, wandelte das Gericht das Todesurteil in eine Gefängnisstrafe um.

Nachdem ich wieder auf freiem Fuß war, ging ich zu meinem Onkel. Ich hoffte, bei ihm Tag und Nacht wieder in einem echten Bett schlafen zu können – ohne den Gestank des Kerkers, die Schreie, die Ratten. Mein Onkel hingegen hatte bereits meine Tasche gepackt, und die kühle Umarmung, mit der er mich empfing, war keine Geste der Begrüßung, sondern des Abschieds.

»Während du im Gefängnis warst, habe ich deine Dienste angeboten. Ich habe ein paar alten Bekannten eine knappe Liste mit deinen Fähigkeiten und eine ausführlichere mit deinen Fehlern geschickt. Man will ja nicht als Lügner dastehen.«

»Und, hast du eine Antwort bekommen?«

»Eine einzige, vom Schloss Ferney. Die bringen immer alles durcheinander und verstehen die Dinge verkehrt herum. Deine Fehler haben Sie mit deinen Tugenden verwechselt und deswegen sofort zugesagt.«

Ich war zwanzig Jahre alt, und alles, was ich besaß, war ein Nähkästchen voll mit Federn und Tintenfässern. Stünde das Transportsystem, das man nächtliche Post nannte, nicht unter der Kuratel meines Onkels, dem Marschall de Dalessius, hätte ich die Reise nach Ferney niemals antreten können. Das Unternehmen sorgte einst für die Rückführung von Gefallenen. Zu Kriegszeiten gab es in Frankreich eine Menge Leichname, die wieder zurück in ihre Heimatstädte und Dörfer gebracht werden sollten. Am Anfang hatten noch die Postkuriere diesen Transport übernommen, aber Briefe und Handelsgüter waren in so üblem Zustand bei ihren Empfängern angekommen, dass die Leute sich weigerten, die Schriftstücke zu lesen. Kaum hatten sie ihr Ziel erreicht, wurden sie verbrannt. Die Toten hatten es geschafft, die Verständigung zwischen den entlegeneren Landstrichen unseres Königreiches einschlafen zu lassen.

Die nächtliche Post war ein reiner Totentransport. Mein Onkel erbte das Unternehmen von meinem Großvater, und sein Herzstück bestand aus einer alten Lagerhalle in der Nähe von Paris, die ein Jahrhundert früher eine Salzfleischfabrik beherbergt hatte. Dort wurden die Körper klassifiziert, in Särge gelegt – die gemäß der Tradition des Ortes häufig voller Salz waren – und in die unterschiedlichsten Regionen Frankreichs verschickt. Das Unternehmen verfügte über fünfundzwanzig Kutschen, und weil die Strecken zum Teil abenteuerlich, Verirrungen üblich waren, musste so manche Familie monatelang auf die Ankunft ihres Angehörigen warten.

Zu Anfang, als der Krieg noch tobte, wurden die Gefallenen wie Helden erwartet, aber die Zeit verging, der Krieg fand ein Ende, und der Reisende kam wie ein Bote, der schlechte Nachrichten bringt, wie ein unbequemer Gast, der von einem Krieg erzählt, den die anderen zum Glück bereits vergessen hatten.

Mein Onkel hatte kleine Fenster mit Läden in die Särge eingebaut, um so die Passagiere sehen und Irrtümer vermeiden zu können. Eine weitere Neuerung bestand darin, jeden Soldaten mit einer eigenen kleinen Sammlung an Orden und Auszeichnungen nach Hause zu schicken, die er bei einem Knopffabrikanten prägen ließ. Auf diese Weise empfing jede Familie einen Helden. In diesem Geschäft, sagte mein Onkel, der Marschall de Dalessius, gibt es ganz klare Regeln: Man muss Schwarz tragen, nachts arbeiten und den Mund halten.

Als es weder Kriege noch Epidemien gab, wurde die Anzahl der Kutschen reduziert. Um an Kundschaft zu kommen, hatte mein Onkel sich die Mühe gemacht, die These eines benediktinischen Theologen zu verbreiten, der glaubte, dass ein Mensch, um ins Paradies zu kommen, an dem Ort begraben werden sollte, in dem er auch geboren wurde, keinesfalls aber weiter von ihm entfernt als die halbe Strecke, die zwischen Bethlehem und der Heiligen Grabstätte liegt. Dank dieser kleinen Kniffe und der Unterstützung des Staates, der ihn mit dem Transport der Hingerichteten und in Gefangenschaft Verstorbenen beauftragte, fehlte es meinem Onkel auch in den schlimmsten Friedenszeiten nie an Passagieren.

Die Reise dauerte lange, denn Ferney lag an der Grenze zur Schweiz. Vom König aus Paris fortgejagt, hatte

Voltaire das Schloss gekauft, um von dort aus, wenn nötig, auf sein Gut in Genf flüchten zu können. Als wir unser Ziel erreichten, waren alle Aufträge erfolgreich ausgeführt worden, und der einzige Passagier, der noch übrig war, war ich. Ich verabschiedete mich von Servin, dem Kutscher, und blieb allein vor dem Portal des Schlosses zurück.

Ein Sekretär sah sich meine Papiere an und bat mich, Platz zu nehmen und zu warten. Schon bald dämmerte es, und ich saß allein in dem Halbdunkel des Raumes. Niemand kam, um die Lampen anzuzünden, und ich glaubte schon, man hätte mich vergessen. Die Reise war anstrengend gewesen, und ich wünschte nichts sehnlicher, als etwas zu essen und ein Bett zum Schlafen, stattdessen aber wurde ich von einem Diener abgeholt, der mich in den Ostflügel des Schlosses führte. Überall hingen unzählige Uhren, deren Lärm regelrecht ohrenbetäubend war. Später fiel mir auf, dass ihr gleichförmiges Tick-Tack sich selbst in die Träume einschlich, um mit ihren Räderwerken, Zeigern und romanischen Ziffern die nächtliche Ruhe der Bediensteten zu torpedieren.

Voltaire hatte so manche Schlacht geschlagen, er kannte die Gefangenschaft, das Exil. So nahm ich an, auf einen Giganten zu treffen, mit großem Kopf und wissenden Augen. Mir gegenüber aber stand ein alter Mann, der mir kaum wie ein realer Mensch, sondern eher wie eine Zeichnung in einem Buch vorkam (ein Buch, das man in einer regnerischen Nacht im Garten vergessen hat). Seine Zähne waren dem Skorbut zum Opfer gefallen, auf dem kahlen Kopf trug er eine Wollmütze, und seine

Zunge war aufgrund seiner Angewohnheit, die eingetrocknete Tinte in seiner Feder mit ihr zu befeuchten, genau so blau wie die der Erhängten.

Er drehte sich nicht zu mir um, als ich eintrat; vielleicht war er außerdem noch taub. Versunken studierte er mit einer Lupe mit Goldrand weiter die vor ihm liegenden Unterlagen. »Dummkopf!«, sagte er.

»Es tut mir Leid, dass ich so spät komme.«

»Was für ein Dummkopf der Mensch doch sein muss, der diese Seite geschrieben hat.«

»Einer Ihrer Feinde?«

»Der schlimmste: ich selbst. Woher rührt bloß diese unsinnige Liebe zum Wörterbuch, können Sie mir das erklären? Das ist die Krankheit, die einen befällt, sobald man die Enzyklopädien angefasst hat.«

»Ich bin Kalligraph. Auch ich hege eine gewisse Leidenschaft für die Buchstaben.«

Ich erinnerte mich daran, dass wir in de Vidors Schule unsere Liebe zum Alphabet so weit trieben, dass selbst unsere Übungen im Sportunterricht daraus bestanden, den Körper in die Gestalt eines Buchstaben zu bringen. Das ›g‹ und das ›h‹ waren die schlimmsten. Und auf dem eiskalten Fußboden mussten wir einen ganzen Vormittag lang Fragmente der Äneis auf Latein gestalten. Dabei verlas unser Professor die Verse von einem Turm aus.

»Soll ich Ihnen mal was verraten? Vor geraumer Zeit hatte ich überlegt, ob ich meine Autobiographie schreibe und dabei streng nach dem Alphabet vorgehe. Sollten Sie jemals ein ähnliches Unternehmen planen, denken Sie daran, dass Sie jeden Buchstaben überspringen können außer dem A und dem Z, weil uns das nämlich das Gefühl gibt, den Kreis geschlossen zu haben, obwohl die anderen in der Mitte fehlen. Hätte Christus damals nicht gesagt ›Ich bin das Alpha und das Omega‹, sondern ›Ich bin das Beta und das Psi‹, wer weiß, was dann aus dem Christentum geworden wäre.«

Er reichte mir Papier und Feder. »Zeigen Sie Ihre Künste.«

»Ich würde lieber meine eigenen Federn benutzen, wenn es nichts ausmacht.«

»Dank Ihres Werkzeugs haben Sie Ihre letzte Anstellung verloren. Wer garantiert Ihnen, dass es Ihnen mit der nächsten nicht genauso ergeht?«

Ich ließ mich nicht einschüchtern. »Was soll ich schreiben?«

»Meine Hand zittert wie die eines Greises.«

Meine Hand zitterte in der Tat. Das war mir noch nie zuvor passiert. Das Ergebnis waren ein paar lausige Buchstaben.

»Es war nicht die richtige Feder.«

»Dann probieren Sie es mit einer anderen.«

Ich suchte mir die einer Blaugans heraus, meine Lieblingsfeder, und das Resultat war noch schlimmer.

»Diese Gans schlägt wohl noch mit den Flügeln. Trotzdem: Ich nehme Sie. Sie haben einen so unruhigen Puls, dass jeder glauben wird, ich selbst war es, der geschrieben hat. Ihr direkter Vorgesetzter wird Wagnière sein, mein Sekretär.«

»Was ist meine Aufgabe?«

»Die Korrespondenz erledigen. Sie arbeiten hier, in diesem Raum. Bei bestimmten Schriftstücken müssen Sie sich mit mir absprechen. Bei anderen entscheiden Sie allein.«

»Wer die Briefe liest, wird merken, dass sie nicht von Ihnen sind.«

»Machen Sie sich darüber keine Gedanken. Sie werden glauben: Wenn er seine Briefe nicht selbst schreibt, wird er an einem wichtigen Werk sitzen. Die Abwesenheit kann auch beeindruckende Wirkung haben.«

Plötzlich wurden wir von einem polternden Donnern zusammenstürzender Gegenstände überrascht. Voltaire ging Richtung Tür, und ich folgte ihm. Er machte große, aber sehr langsame Schritte, so dass ich mich bremsen musste, um ihn nicht zu überholen. Obwohl es eine Weile dauerte, bis wir zu der Einsturzstelle gelangten, schwebten die Papiere noch immer in der Luft und warteten auf ihren Meister.

Zusammen mit uns betrat auch ein ganz in Schwarz gekleideter, hoch gewachsener Mann mit traurigem Blick das Archiv. Er begann, die Papierberge zur Seite zu räumen, und ich bückte mich zu ihm hinunter, um ihm zu helfen. Unter dem Gewicht der vergilbten und mit Kordeln zusammengebundenen Briefe hustete und stöhnte jemand.

Ich zog ein Bündel der von Motten zerfressenen Schriftstücke hervor, die in meinen Händen beinahe zerfielen. Darunter kam ein derart von Papierstaub zugerieseltes Gesicht zum Vorschein, dass man den Eindruck gewinnen konnte, es wäre selbst Teil der Korrespondenz.

»Holen wir den armen Barras da schon raus«, sagte der große Mann. »Ziehen Sie an dem einen Arm, ich nehme den anderen.«

Zum Vorschein kam ein knorriger Kerl, der am Kopf und an der Oberlippe blutete. Sobald er befreit war, schüttelte er unsere Hände ab, um sich hastig von den Papierfetzen zu befreien, gerade so, als würde sich die pulverige Masse gleich in ein wildes Tier verwandeln. Darauf humpelte er eilig den Flur hinunter und rief: »Ich gehe zurück in die Küche. Ins Archiv, ich? Nie wieder!«

»Ich fürchte, wir müssen uns nach einem neuen Gehilfen für das Ordnen Ihrer Korrespondenz umsehen«, kommentierte der schwarz gekleidete Mann.

»Na, da haben wir ja die beiden Richtigen beieinander. Wagnière, darf ich Ihnen Dalessius vorstellen. Dalessius, räumen Sie hier auf. Von nun an werden Sie nicht bloß Briefe schreiben, sondern sich außerdem um das Archiv kümmern.«

»Ist das nicht etwas gefährlich für einen Lehrling?«, fragte Wagnière. »Es wird nicht lange dauern, und Barras stirbt, und der Student aus dem Elsass letzten Monat ...«

»Wenn unser Monsieur Dalessius sich anstrengt, wird er es schon lernen. Und wenn nicht, fährt er nach Hause zurück ... in derselben Kutsche, die ihn auch hergebracht hat.«

Die Korrespondenz

Weil Voltaire eine Menge Feinde hatte, war das Öffnen der Post nicht ungefährlich. Ihm wurden zwischen die Briefbögen gelegte vergiftete Nadeln geschickt, Ampullen, die tödliche Gase verströmten, Mörderspinnen.

Und in den Paketen, die er erhielt, befanden sich oft als Bücher getarnte Kisten, in denen Schlangen im Winterschlaf lagen oder die delikate Sprengkörper enthielten. In einem speziellen Raum, der wie zur Vermeidung weiterer Opfer weitab von den anderen lag, widmete ich mich mit pochendem Herzen den Umschlägen und Verpackungen. Dabei halfen mir eine Reihe von Instrumenten, die Voltaire in Genf gekauft hatte und mit denen sich Sprengsätze und andere bösartige Fallen entdecken ließen: Lupen aus Bergkristall, ein winziges Fernrohr, das man in den Umschlag schob, ohne ihn öffnen zu müssen, eine Lampe mit blauer Flamme, mit der man Papier durchleuchten konnte.

Aber meine Aufgabe war ja nicht nur, die Post zu öffnen, sondern sie im Namen Voltaires auch zu beantworten.

»Suchen Sie in meinen Büchern nach irgendeinem klugen alten Zitat und beantworten Sie damit diese Studentenprosa«, befahl er mir.

Ich war noch sehr jung, und ich wurde ungeduldig bei einer Arbeit, die später eine so eigentümliche Richtung nehmen sollte. Mich langweilte die Routine, und selbst die Gefahr schreckte mich nicht mehr ab: Ich fing an, die Briefe achtlos aufzureißen und sie, ohne darüber nachzudenken, zu beantworten. Verwundert nahm ich dabei zur Kenntnis, dass es verliebte Frauen gab, die Voltaire mit ihrem eigenen Blut schrieben. Hätten sie den lebenden Leichnam gesehen, an den sie sich mit so viel überflüssiger Leidenschaft wandten, sie hätten das Rot wieder vom Papier gekratzt, um es erneut in ihren Venen fließen zu lassen. Aus purer Langeweile begann ich die Briefe meines Herrn mit allem mir zur Verfügung stehendem Werkzeug zu beantworten. Ich ließ es mir nicht nehmen, die im Jodsalz der Meerwellen gehärteten Federn der Albatrosse zu nutzen, chinesische Pinsel aus Affenhaar, Tinte, die im Dunkeln leuchtete, oder Tinte, die verschwamm, während der Brief gelesen wurde, und den Empfänger in eine traurige Abschiedsstimmung versetzte. Voltaire aber, der sich anfangs noch von meinem Enthusiasmus anstecken ließ, waren die Blätter, die weiß oder in veränderter Buchstabenreihenfolge bei ihrem Empfänger ankamen oder mit einer Unterschrift versehen waren, die bei Nacht hell strahlte, als gehörte sie einem Gespenst, mit der Zeit unangenehm.

Um meinen Spielereien ein Ende zu machen, erinnerte Wagnière mich daran, dass ich außerdem für die Organisation des Archivs zuständig war. Dort stapelten sich so viele Briefe, dass man aus den gelben und roten Kordeln, mit denen sie zusammengebunden waren, ein Seil knüpfen konnte, das die ganze Welt umspannte. Die Briefe der Monarchen, etwa die der Zarin Katharina oder die Friedrichs des Großen, sollten in einem Eisenkoffer unter Verschluss gehalten werden. Hingegen wurden die beleidigenden Schriftstücke, wie die des Bischofs von Annecy, der Voltaire alle vierzehn Tage irgendwelcher geheimer Sünden bezichtigte, in einem kleinen Ofen verbrannt, ebenso wie die lächerlichen Briefe einer alchimistischen Gesellschaft in Genf, deren Mitglieder versicherten, Paracelsus in ihrer Gewalt zu haben. *Wir halten ihn im Keller eines Hauses am See versteckt. Alle drei Monate wacht er auf, murmelt irgendwas von Voltaire und fällt wieder in seinen Dornröschenschlaf zurück.*

Der Eisenofen funktionierte ohne Einschränkungen, bis eines Tages (ich war abgelenkt, weil ich mit der Lektüre einiger unanständiger Briefe der Madame von F. beschäftigt war) ein Funke einen Stapel Korrespondenz des Marquis d'Argenson in Brand setzte, dem Voltaire besonders zugetan war. Ich hatte wie immer eine Tüte mit Sand bei mir, den ich für meine Federn brauchte und zuweilen auch zum Trocknen der Tinte nutzte, und damit löschte ich das Feuer, bevor das gesamte Archiv in Flammen aufgehen konnte.

In dieser Nacht tat ich kein Auge zu, denn ich wusste, dass Voltaire sich eine neue Bestimmung für mich ausdachte, die entweder auf Rauswurf oder Knechtschaft hinauslief.

Im Morgengrauen ging ich in den Salon, in dem er arbeitete. Durch die Fenster hindurch sah ich auf ein paar dunkle Bäume, deren Anblick mich traurig stimmte. Sie krümmten sich im Wind wie Fragezeichen. Voltaire war gerade dabei, eine Laus eingehend zu betrachten, die er in seinen Pflanzen entdeckt hatte.

»Wir müssen uns von allem befreien, was uns zersetzt, von allem, was auf Kosten anderer lebt«, sagte Voltaire zur Begrüßung. »Ich möchte, dass Sie Ihre Tasche packen.«

»Könnten Sie es nicht mit einer anderen Aufgabe versuchen, bevor Sie mich hinauswerfen? Brauchen Sie nicht vielleicht einen guten Gärtner?«

»Was verstehen Sie von Pflanzen? Wenn Sie den Garten betreten, erstechen sich die Rosen mit ihren eigenen Dornen, und die Tulpen begehen Massenselbstmord.«

»Und in der Küche?«

»Da wird man Sie braten, und ich bin mir nicht sicher, ob mir die Mahlzeit bekommen wird.«

Mir gefiel das Leben auf Ferney. Ich wollte nicht wieder die Treppen zum Gericht hochsteigen, an die Türen der Richter klopfen und in mit Papierbergen voll gestopften Büroräumen warten, in die kein frisches Lüftchen drang. Je länger ich über meinen Abschied nachdachte, desto schwächer fühlte ich mich, und während Voltaire sich vor mir aufbaute, wurde ich alt und bucklig.

»Ich werde sofort packen und für immer verschwinden«, sagte ich. Ich tat würdevoll, suchte aber Mitleid.

»Wie bitte? Ich höre wohl nicht recht. Ich werfe Sie doch nicht raus. Ich will, dass Sie Ihre Abreise vorbereiten, aber doch nur, um Sie nach Toulouse zu schicken.«

»Warum denn nach Toulouse?«

»Gestern Nacht kam ein Bote, der mir von einem Fall berichtete, der ihn sehr betrübte. Er erzählte, dass das Gericht von Languedoc sich auf die Hinrichtung eines Protestanten, Jean Calas, vorbereitet, vielleicht sogar auf die seiner ganzen Familie.«

»Was wirft man ihm vor?«

»Er soll seinen Sohn umgebracht haben.«

»Dann kann ich nur hoffen, dass das Urteil vollstreckt wird.«

»Und ich hoffe, Sie finden heraus, warum man den Mann um jeden Preis töten will. Ich stelle Ihnen einige Informationen zusammen. Lesen Sie sie auf dem Weg.«

»Ich bin Kalligraph – zuständig für die unzweifelhafte Linienführung, nicht aber für die Wahrheit der Worte, darum haben sich andere zu kümmern. Philosophen zum Beispiel.«

»Ich bin zu alt, um nach Toulouse zu reisen. Außerdem kommt mein Ruf in der Stadt einem Fahrschein in den Tod gleich. Ich habe es aber noch nicht eilig zu sterben, und erst recht nicht in Toulouse. Für Sie hingegen ist es ungefährlich, solange Sie meinen Namen nicht erwähnen. Ich schicke Ihrem Onkel eine Nachricht, damit eine seiner Kutschen Sie abholt.«

»Ich dachte, ich könnte hier bleiben und weiter für Sie, für die Geschichte schreiben, anstatt mit den Toten unterwegs zu sein.«

»Wenn Ihre Wege die der Geschichte sind, dann ist es wohl normal, dass die Toten Sie begleiten.«

Die Mitreisende

Servin, der alte Kutscher, kam dieses Mal von der anderen Seite der Schweizer Grenze. Geladen hatte er ein Ehepaar aus Avignon, das in den Bergen bei einer Lawine ums Leben gekommen war. Das Unglück hatte sich zwar schon vor zehn Jahren zugetragen, die Körper aber waren erst vor kurzem entdeckt worden. Begleitet wurden sie von einem dritten Sarg, dessen Inhalt mich nicht weiter beschäftigte.

Nach etwa drei Stunden fing es an zu regnen. Wenn man geradeaus guckte, erkannte man nichts als die schwarzen Schatten der Bäume. Schreiend, damit Servin mich verstand, wandte ich mich an den Kutscher und fragte ihn, ob wir uns nicht abwechseln wollten, aber er antwortete mir nicht. Gleichgültig gegenüber dem Gewitter nahm er einen Schluck aus seiner Flasche und schüttelte zunächst den Kopf. Dann aber forderte er mich auf, mich im Innern der Kutsche ein wenig auszuruhen, damit ich ihn später ablösen konnte. Über den drei Särgen baumelte an einer Metallkette eine schmale Pritsche, auf die ich hochkrabbelte. Ich legte eine Decke unter mich, mit einer zweiten deckte ich mich zu. Trotz des wilden Geschaukels und der quietschenden Ketten konnte ich ein paar Minuten schlafen, bis mich eine abrupte Bewegung aus einem Traum riss, in dem ich den Leichnam Voltaires an einen entlegenen Ort bringen sollte. Die Pritsche wurde so stark erschüttert, dass ich in hohem Bogen durch die Luft flog und auf dem dritten Sarg zu landen kam.

Als hätte jemand auf das Klopfen reagiert, öffnete sich die Kiste. Unterstützt von den unablässig zuckenden Blitzen versuchte ich, einen Blick auf den dritten Passagier zu erhaschen. Mich hatte die gleiche Neugier erfasst, die mich schon als Kind zu den Gehängten geführt hatte, deren blaue Zunge mich faszinierte, ihre Fußsohlen, in die man unverständliche Zeichen geritzt hatte, das stoische Treiben der abergläubischen Alten des Dorfes, die ihnen die Nägel und Zähne ausrissen. Ich stellte mir bereits das wenig schmeichelhaft geschminkte Gesicht vor, als ich die Frau sah. Sie war wunderschön, auch jetzt noch. Ihre Züge sprachen nicht vom Tod, sondern von einem Zauberbann. Durch eine verborgene Tür war ich in ein Märchen geraten.

Gegen das Unwetter anbrüllend, brachte ich Servin dazu, die Kutsche anzuhalten. Ich wartete, bis das Gewitter uns einen weiteren Blitz schenkte. Der Kutscher verzog trotzdem keine Miene. »Manchmal sorgt das trockene Klima dafür, dass sich die Körper konservieren.«

»Kann man diesen Guss ein ›trockenes Klima‹ nennen?«

»Vielleicht hat man sie auch nach ägyptischer Methode einbalsamiert. Es heißt, in Genf gebe es Bestattungsunternehmen, die die Toten mit tierischen Fetten einreiben und die inneren Organe durch Hornspäne vom Schwein ersetzen.«

Gern hätte ich mit Servin noch länger über dieses Mysterium beratschlagt, doch der konzentrierte sich schon wieder auf die Zügel und schien offensichtlich nicht von dem verfluchten Erkenntnishunger befallen, der einen dazu treibt, Probleme zu erkennen und nach Lösungen zu suchen.

Wir versteckten die Kutsche hinter ein paar Bäumen und verbrachten die Nacht in einer Herberge, ohne der Besitzerin von unserer Fracht zu erzählen. Weil Totengräber, Kutscher der nächtlichen Post und Henker ohnehin schon keine gern gesehenen Gäste sind, hätte sie uns in Kenntnis unserer Ladung erst recht nicht aufgenommen. Es regnete noch immer, und Wasser tropfte auf mein Bett. Ich änderte meine Position, aber das Wasser schien mich zu verfolgen und daran erinnern zu wollen, dass hier ein Geheimnis zu lüften war.

Darauf bedacht, den Kutscher nicht zu wecken, kletterte ich aus einem Fenster und öffnete die Tür zur Karosse. Ich hatte eine Lampe mitgenommen, in deren Schein ich mir lange das Gesicht hinter dem Glas anschaute. Je weiter ich mich mit dem Licht der Toten näherte, desto dunkler wurde es um sie herum. Die Frau hatte die Lippen fest aufeinander gepresst, als wäre sie drauf und dran gewesen, ein Geheimnis zu verraten. So perfekt konnte keine ägyptische Methode des Einbalsamierens sein.

Am nächsten Morgen fand Servin mich schlafend auf dem Sarg und weckte mich unsanft mit einem Schlag auf den Kopf.

»Ich werde mit dem Marschall reden! Das hat mir ja gerade noch gefehlt, dass du dich in einen Passagier verliebst. Bis Avignon übernimmst du die Zügel.«

Ich ließ mich von den Tieren leiten, die mir, wie sie so sanft mit dem Kopf auf und ab wippten, weiser erschienen, so als akzeptierten sie gleichmütig die Widersprüche dieser Welt. Ich begann, mit ihnen zu sprechen, und bildete mir ein, dass sie mich verstanden, denn manchmal spitzten sie wie zustimmend die Ohren. Als Servin mich von meiner Pflicht befreite, hatte es aufgehört zu regnen. Ich hatte wenig Lust, ihm zu gestehen, dass ich vom Weg abgekommen war, doch kaum hatte der Kutscher sich den Wald um uns herum genauer angesehen, ließ er die Pferde wenden und fuhr dieselbe Strecke zurück, die wir gekommen waren. Er fand die Abzweigung nach Avignon, übergab die beiden in den Alpen eingeladenen Körper und kassierte ein ordentliches Trinkgeld, von dem er mir weniger als den zehnten Teil abgab, mir aber mehr in Aussicht stellte, wenn wir erst in Toulouse ankämen.

Um uns mit Proviant zu versorgen, fuhren wir in ein kleines Dorf, doch als sie uns sahen, schlossen die Bewohner ihre Fensterläden und kreuzten die Finger. Die Kutsche der nächtlichen Post war für sie ein schlechtes Omen. In zwei weiteren Ortschaften verboten sie uns die Durchfahrt und zwangen uns zu einem Umweg. Ich versuchte, Servin davon zu überzeugen, die schwarzen Trauerflore abzunehmen und die allegorischen Holzschnitzereien, mit denen die Kutsche verziert war, zu verhängen. Ohne diese symbolträchtige Dekoration würde unser Gefährt wie jedes andere auch aussehen, aber Servin beharrte: »Der Marschall de Dalessius gestaltet jede einzelne Kutsche höchstselbst, und er duldet keinerlei Veränderungen. Er will, dass man uns schon von weitem erkennt. Die Umwege und Verzögerungen müssen uns nicht kümmern. Wie er zu sagen pflegt: ›Ein Umweg ist auch ein Weg.‹«

Toulouse

Ich hatte die Ankunft kaum abwarten können, nun jedoch, wo die Räder, die sich bald ein letztes Mal um ihre Achse drehen würden, mit unsteter Spur die Route nach Toulouse beschrieben hatten, spürte ich diese Mischung aus Müdigkeit und Nervosität, die den Reisenden an den Toren einer unbekannten Stadt befällt.

Wir bogen in die Straße der Blinden ein und überbrachten den letzten Sarg im Haus des Monsieur Girard. Er war Spielzeugfabrikant, und ausgebreitet auf einem langen Tisch lagen blau angemalte Holzpferdchen, Puzzles, die Stadtpläne darstellten, Porzellanpuppen und ganze Armeen von Bleisoldaten, die aus einer verlorenen Schlacht heimzukehren schienen, so hungrig und erschöpft sahen sie in ihren zerschlissenen Uniformen und mit zerfetzten Fahnen aus.

»Ist das Ihre Tochter?«, fragte ich.

»Die nächtliche Post steht in dem Ruf, keine Fragen zu stellen«, antwortete Girard.

»Natürlich, mein Herr«, sagte Servin schnell, der fürchtete, meine Neugier könnte das Trinkgeld schmälern oder es gar ganz gefährden. »Ich bitte Sie, die Bemerkung zu entschuldigen. Der junge Dalessius ist neu im Geschäft.«

Der Hausherr drückte jedem von uns ein paar Münzen in die Hand, die Servin mir jedoch sofort abnahm.

Er fragte den Spielzeugfabrikanten, ob wir den Sarg in einen anderen Raum bringen sollten.

»Hier steht er gut«, entgegnete Girard ungehalten, der uns möglichst schnell loswerden wollte. Da das Trinkgeld nicht mehr gefährdet war, fragte ich ihn nach der Todesursache.

»Sie hat einen vergifteten Apfel gegessen«, gestand Monsieur Girard, während er uns bereits zur Tür hinausschob.

Wir traten auf die Straße, und just dort verabschiedete sich Servin von mir. Er gab mir die Hand, in der er eine Münze für mich hatte, sagte, ich solle auf mich aufpassen, und wenn man mich frage, wer mich geschickt habe, solle ich irgendwas erzählen, dass ich ein Abgesandter der Hölle sei oder auch der Hugenotten, um Himmels willen aber nicht die Wahrheit.

In der Nähe vom Marktplatz fand ich eine Pension und mietete mir ein Zimmer. Man verlangte eine Vorauszahlung von zwei Nächten.

»Kommen Sie wegen der Feierlichkeiten?«, fragte der Besitzer, dessen Gesicht von Krankheiten gezeichnet und mit Narben übersät war.

»Nein. Gibt es heute etwas zu feiern?«

»Heute nicht. In zehn Tagen geht es los.«

»Was gibt es denn für einen Anlass?«

»Die mutige Befreiung der Toulouser Bevölkerung von viertausend Hugenotten. Der zweihundertste Jahrestag steht vor der Tür.«

»Sie haben sie fortgejagt?«

»Über alle Berge. So ein gigantisches Feuerwerk haben Sie in Ihrem Leben noch nicht gesehen, Monsieur. Es heißt, dass es selbst in China kein größeres gibt. Vor fünfzehn Jahren habe ich drei Finger bei dem Spektakel verloren, ich gehörte nämlich zu den Feuerwerkern. Aber glauben Sie mal nicht, dass ich es bereut hätte. Kurz nach dem Unglück dachte ich so bei mir: Andere riechen das Schwarzpulver in der Schlacht und werden auf dem Feld zerrissen, ich hingegen bin hier ein Held. Und ich sage Ihnen, ich würde es wieder tun, erst recht, wo wir in diesem Jahr mit den Calas so prominente Ehrengäste haben. Ein Jahr der Langeweile, bis das Feuerwerk wieder losgeht, die Besucher kommen und gehen; ein Jahr des Wartens, um zu sehen, wie die Welt explodiert. Immer wenn das Datum näher rückt, spüre ich meine verlorenen Finger wieder.«

In der Nacht lehnte ich mich auf die Fensterbank meines Zimmers und sah in der Dunkelheit fünf weiß gekleidete Männer mit über das Gesicht gezogenen Kapuzen, die ein Christusbild trugen. Voltaire hatte mich vor ihnen gewarnt: Hüten Sie sich vor den weißen Büßern. Die Fenster, unter denen sie vorbeizogen öffneten sich, und welke Blüten regneten auf die Leinenkapuzen.

Meine neue Unterkunft war schmal und kalt. Frühere Gäste hatten ihre Namen in die feuchte Wand geritzt. Die Bettdecke war derartig schmutzig, dass sie viel schwerer wog und mehr wärmte, als wäre sie sauber gewesen. Über den Fußboden krabbelte alles mögliche Getier, das ich unter der Lupe noch bis in das letzte unappetitliche Detail betrachten konnte, bis mich endlich die Müdigkeit überfiel und von diesem zweifelhaften Vergnügen befreite. Einige der Insekten habe ich aufgehoben. Es machte mir Spaß, sie zwischen zwei Buchdeckeln zu zerquetschen, weil mich später jedes einzelne getrocknete Exemplar an die jeweiligen Umstände der Lektüre erinnern würde.

Zum Frühstück aß ich ein neuartiges Brot, mit dem die Toulouser Bäcker dem Sohn der Calas huldigen wollten. Es sah aus wie ein Erhängter und war mit groben Salzkörnern und Rosinen gespickt. Der Strick war durch ein Muster aus Sesamkörnern angedeutet. An meinem ersten Morgen in der Stadt las ich die Berichte zu Ende, die mir Voltaire zu dem Fall gegeben hatte, und suchte das Haus der Calas auf.

Die Richter hatten angeordnet, das Gebäude rund um die Uhr bewachen zu lassen. Ich bat den Soldaten vor der Tür um Einlass, den er mir jedoch verweigerte. Damit hatte ich schon gerechnet, also holte ich eine Flasche Wein und einen dieser Erhängten-Brotlaibe aus der Tasche. Daraufhin machte er einen Schritt zur Seite, und ich schaute mich in den vier verlassenen Zimmern um. Sämtliche Bewohner des Hauses, der Vater, die Mutter, der Bruder, der Freund, der zu Besuch gekommen war, selbst die Hausangestellte waren abgeholt und in Haft genommen worden, und mit ihnen waren auch sämtliche Möbel verschwunden. Nur der riesige rostige Nagel, der den Strick von Marc Antoine gehalten hatte, hing noch an Ort und Stelle.

»Warum hat den denn niemand mitgenommen?«, fragte ich den wachhabenden Soldaten.

»Die Leute sagen, er ist verflucht. Keiner will ihn anrühren.«

Ich näherte mich der Wand, um die Festigkeit des Nagels zu prüfen und dem Mann zu beweisen, dass ich abergläubischem Humbug nicht aufsaß, entschied mich dann aber doch anders. »Waren Sie dabei, als man das Haus geplündert hat?«

»Nein, aber mir wurde erzählt, dass die Leute singend und mit Fackeln die Straße hinunterliefen. An ihrem Ziel angekommen, blieben sie stehen und verharrten eine Sekunde in Schweigen: Der Mut hatte sie wohl verlassen, und sie wussten nicht mehr recht, was sie tun sollten, ob sie auf die Knie fallen oder das Gebäude dem Erdboden gleichmachen sollten. Nachdem sie die Schwelle überschritten hatten, kehrte die alte Begeisterung zurück. Viele der Leute hatten nie zuvor ein solches Haus betreten und lernten erstmals das wohltuende Gefühl kennen, in fremden Schubladen zu wühlen und sämtliche Möbelstücke zu verrücken. Eine Frau hatte plötzlich die Idee, das Haus niederzubrennen. Sie zündete einen Vorhang an, die anderen löschten das Feuer aber sofort und hätten beinahe die Frau verbrannt. Sie sind zusammen gekommen, aber einzeln wieder gegangen, sie kamen singend, und verließen das Gebäude schweigend, auf dem Hinweg trugen sie Fackeln, und zurück verschwanden sie im Dunkeln.«

Ich erforschte unter den aufmerksamen Augen des Wachsoldaten mit meiner Lupe jeden Winkel. Dabei fand ich weniger Hinweise auf das Leben der Calas als auf das der Plünderer: Kleiderfetzen, Holzsplitter, Hühnerknochen und kaputte Flaschen.

»In unseren trostlosen Zeiten gibt es nicht mehr viele Heilige. Deshalb werden Reliquien zu so hohen Preisen gehandelt. Auf dem Schwarzmarkt können Sie für einen Zahn des Erhängten zwei Francs hinlegen.«

»Da müsste man erst einmal herausfinden, ob die auch wirklich echt sind.«

»Alle sind echt. All die hunderte von Zähnen, die sie anbieten, die Nägel, die Haarbüschel. Als ich die Wache übernahm, standen hier bloß noch die Bücher des Märtyrers; die wollte niemand. Bücher taugen nicht zur Reliquie. Sie aber scheinen Interesse an Ihnen zu haben. Vielleicht können wir uns ja einig werden.«

Er nannte mir astronomische Zahlen. Ich reagierte nicht, sondern betrachtete weiter den Nagel durch meine Lupe. Seine Summen wurden kleiner und kleiner, bis er entmutigt und irritiert endlich bereit war, sich mein Angebot anzuhören.

»Die Sache ist die«, schlug ich ihm vor, »ich habe kein Geld, um die Bücher zu kaufen, aber wenn ich sie mir ansehen darf, gebe ich Ihnen eine Münze jetzt, und eine, wenn ich fertig bin.«

Er war einverstanden. Mit einem Blick aus dem Fenster vergewisserte er sich, dass niemand in der Nähe war.

»Ich habe sie versteckt, wissen Sie.«

Wir gingen in das ehemalige Zimmer der Haushälterin. Der Soldat hob eine der Holzdielen an und reichte mir sogleich fünf völlig verstaubte Bände. Heimlich blätterte ich sie nach einem vergessenen Zettel oder Papierschnipsel durch, fand aber außer ein paar Randbemerkungen, die das besondere Interesse eines Lesers an bestimmten Passagen bezeugten, nichts von Bedeutung. Ich besah mir die Titel der Bücher: Eins war eine nach Themen geordnete Fragmentensammlung Senecas, *Hamlet* von William Shakespeare war darunter, eine Rede Ciceros, die *Apologie des Sokrates* von Platon sowie ein weiteres Buch, dessen Titel mir einfach nicht mehr einfallen will, sosehr ich mich auch darum bemühe. Jeder Absatz, der das Interesse besagten Lesers geweckt hatte und mit Bleistift unterstrichen war, huldigte dem Freitod. Dieser Mann hatte sich nicht aus lauter Langeweile oder in einem plötzlichen Anfall von Melancholie umgebracht; er hatte sich so lange damit auseinander gesetzt, bis er reif für den Strick war.

»Diese Seiten könnten die Calas retten. Warum übergeben sie die Bücher nicht dem Gericht?«

»Bücher haben noch nie jemanden gerettet. Für die Calas ist es zu spät. Wir brauchen einen Märtyrer. Genau wie jeder Fanatiker brauchen auch ganz gewöhnliche Menschen wie Sie und ich, die wir nicht mehr wissen, an was wir noch glauben sollen, einen Märtyrer. Meine Mutter litt an einer offenen Wunde am linken Bein, die schon das Knie in Mitleidenschaft gezogen hatte. Sie ging zur Beerdigung des jungen Calas, hat gebetet, und die Wunde heilte. Wie erklären Sie sich das? Beten Sie zum Erhängten!«

»Ich ziehe es vor, einen Heiligen mit etwas mehr Erfahrung anzubeten.«

»Mir hat der Erhängte schon einige Gefallen getan. Ich habe eine Münze bekommen, und gleich ist die zweite fällig.«

Er streckte die Hand aus. Ich zahlte und überließ das Haus seinem Schicksal.

Die mechanische Hand

Rund um die Kirche Saint-Stéphane boten die Reliquienhändler ihre winzigen Trophäen in Behältern aus so dickem Glas feil, dass ihre Schätze riesengroß und völlig deformiert wirkten. Die Kirche war bis auf den letzten Platz mit Gemeindemitgliedern besetzt, die nach immer mehr Weihrauch verlangten und eingehüllt in den klebrigen Nebel kaum noch zu sehen waren. Der Kerzenschein tauchte das Halbdunkel in gelbliches Licht. Über den Köpfen der Gläubigen hing ein mit der Zeit schwarz gewordenes Skelett, das laut einem Schildchen Eigentum der medizinischen Fakultät der Universität von Toulouse war. Daran gewöhnt, normalerweise ein simples Studienobjekt zu sein, schien es angesichts seiner neuen weihevollen Bestimmung regelrecht ein wenig durcheinander. In der rechten Hand hielt es eine mit Blut getränkte Feder, in der linken den Zweig einer Dattelpalme. Symbole eines Gesprächs, das der Gehängte vermieden hatte.

Ich machte mich wieder auf den Weg zum Gericht, wo den Calas der Prozess gemacht wurde. Zu beiden Seiten des Eingangs standen bewaffnete Wachen, die niemanden hineinließen. Obwohl es schon spät war, war man drinnen noch nicht zum Ende gekommen; die Fenster der oberen Stockwerke waren erleuchtet. Vor der Tür warteten etwa hundert Menschen, die sich gegenseitig die neuesten Gerüchte zuflüsterten und gebannt auf das flackernde Licht in den Scheiben starrten, als könne es irgendeine Botschaft enthalten. Jeder, der das Gericht betrat oder es verließ, wurde in der Hoffnung auf irgendeine Information sofort von der Menge bestürmt, aber keiner von ihnen sagte etwas, und in diesem Schweigen sahen die neugierigen Zaungäste ihre jeweiligen Vermutungen und Überzeugungen bestätigt. Niemand entkam diesem Verhör, bis auf den großen Mann mit Umhang, der die Masse schon von weitem verstummen ließ und mit jedem Schritt einen Schlusspunkt hinter einen belanglosen Satz zu setzen schien.

»Der da, der jetzt kommt, hat die Totenwäsche gemacht. Früher hat er als Henker gearbeitet«, hörte ich jemanden neben mir raunen.

Ich folgte dem Mann mit dem Umhang und suchte dabei in meinen Taschen nach etwas Geld, mit dem ich seine Information bezahlen konnte. Er ging sehr schnell, und ich musste mich beeilen, um mit ihm Schritt zu halten. An jedem Haus, das wir passierten, wurden die Fensterläden geschlossen und die Lichter ausgemacht, und mir war, als würden die Schritte des Mannes die Anweisung dazu erteilen. An einem Brunnen mit schwarzem Wasser blieb ich stehen. Der Mann war verschwunden. Mir blieb keine Zeit zum Nachdenken. Ich spürte den Strick um den Hals und sah, wie meine Füße in der

Luft zappelten. Die Distanz zum Pflaster war nicht groß, aber doch groß genug, um mich mit einer gewissen Sehnsucht an die einstige Bodenhaftung zurückzuerinnern. Meine Arme und Beine strampelten mit der Vergeblichkeit eines Gehängten in der Luft.

»Der Letzte, der versucht hat, mich auszurauben, hat dafür mit seiner rechten Hand bezahlt. Ich habe sie immer bei mir, in einer Kiste gefüllt mit Salz. Sie bringt mir Glück.«

Ich wollte etwas sagen, doch es gelang mir nicht. Ich zog eine Münze aus meiner Tasche und ließ sie auf das Pflaster fallen. Darauf lockerte der Angreifer den Strick am Galgen, und ich hatte wieder Grund unter den Füßen.

»Ich wollte Sie nicht ausrauben«, sagte ich, »sondern bezahlen.«

»Ich verkaufe nichts.«

»Ich kaufe Worte.«

»Ich spreche kaum.«

»Ich habe gehört, dass Sie den Körper von Marc Antoine Calas gewaschen haben.«

Er wollte wissen, warum mich der Tod Calas' so sehr interessierte, dass ich sogar bereit war, für die Antwort zu bezahlen. Ich sagte, dass ich für die Jesuiten arbeitete, die mit absoluter Gewissheit herausfinden wollten, ob der Tote wirklich ein Märtyrer war. Die Jesuiten, erklärte ich ihm, seien bestrebt, möglichst schnell zu einem unerschütterlichen Kanon der in der östlichen Welt umgebrachten Geistlichen zu finden, und sie wollten verhindern, dass irgendeine falsche Ehrerbietung das Bemühen der Kirchen vereitelte. Ich gab ihm eine weitere Silbermünze.

Der Henker begann zu sprechen: »Ich habe mich um den Körper gekümmert, bis die weißen Dominikaner ihn mir entrissen haben. Sie kamen zu sechst in das Untergeschoss des Gerichtsgebäudes, zeigten mir irgendein Blatt Papier, das ich noch nicht einmal lesen konnte, bevor sie den Leichnam in einer Prozession mit sich nahmen.«

»Zeigte er irgendwelche Verletzungen, als hätte man ihn unter Anwendung von Gewalt erhängt?«

»Nicht einen einzigen Kratzer, abgesehen von einer Narbe auf der linken Schulter, die allerdings schon sehr alt gewesen sein musste.«

Wir setzten uns auf den Rand des Brunnens.

»Ich wollte Sie nicht umbringen. Einen Menschen in einer Vollmondnacht zu töten, führt zu nichts Gutem. Später verfolgt er einen in seinen Träumen.«

Der Henker hatte große, von den Stricken und Beilen gezeichnete Hände. Ich sagte ihm, dass ich von seiner früheren Tätigkeit gehört hatte.

»In Paris habe ich Verbrechern den Kopf abgeschlagen, Unglückselige in Marseille gehängt, und in Italien habe ich die Verurteilten hoch oben von einem Turm gestürzt. Sie schlugen auf dem Marmorboden auf, und ein Maler porträtierte ihre letzte Stellung. Aber die wahre Kunst beweist sich am Beil. Nur wenige können den Kopf mit einem einzigen Schlag vom Rumpf trennen. Der Strick hingegen ist am einfachsten zu bedienen und gleichzeitig die unsicherste Methode.«

»Warum? Hat schon mal jemand den Galgen überlebt?«

»Nur einer hatte später erzählen können: Ich wurde

von Kolm gehängt. Es war ein Mann aus Marseille, der meinen Gehilfen bestochen hatte, den Strick so zu manipulieren, dass er beim Fall des Körpers riss. Er kam danach auf freien Fuß, denn in Marseille war es nicht erlaubt, einen Menschen für dieselbe Tat zweimal zu hängen. Aber hören wir auf, uns so traurige Geschichten zu erzählen.«

Kolm arbeitete in Toulouse für die Justiz, die ihn damit beauftragt hatte, die Leichname in Bottichen mit einer Seifenlauge zu waschen, die Wunden zu nähen und in dem ein oder anderen Fall die Todesursache festzustellen. Man hatte ihn aufgrund seiner Erfahrung als Henker dafür ausgesucht.

»Warum haben Sie Ihren alten Beruf an den Nagel gehängt?«

»Ich hatte die Nase voll davon, dass die Leute uns brauchen und zugleich verabscheuen. Sehen Sie sich mal diesen Stock an.«

Er schwang einen langen Stock aus dunklem Holz mit einem Silberknauf über meinem Kopf. Am unteren Ende war eine kleine, aber minutiös nachgebaute Hand montiert, und am Griff saß ein kleiner Hebel, mit dem man die Hand öffnen und schließen konnte.

»Wenn ich früher auf den Markt ging, durfte ich die Lebensmittel nicht mit den Fingern berühren. Niemand grüßte mich. Also ließ ich mir von einem Tischler aus Nürnberg diesen Stock anfertigen. Zunächst störte es niemanden, die Silberhand zu schütteln oder mir zu gestatten, damit nach Äpfeln oder Fisch zu greifen. Aber dann ist der Mechanismus kaputt gegangen, und jetzt zerquetscht die Hand alles, was sie anfasst.«

Kolm öffnete und schloss sie anschaulich. Er lud mich ein, den Mechanismus einmal selbst zu bedienen. Ich hielt den Stock hoch, und wie ich auf seine Spitze sah, entdeckte ich im Hintergrund die Frau in einem Fenster. Es war die Tote, die wir dem Spielzeugfabrikanten in der Straße der Blinden übergeben hatten.

Ich hörte, wie das Fenster geschlossen wurde.

Ich hatte nichts sagen wollen, aber als würde meine Stimme einem anderen gehören, vernahm ich die Worte: »Soeben hat eine Frau, die eigentlich tot ist, ein Fenster geschlossen.«

»Ich kenne die Toten, und ich weiß, dass sie niemals zurückkehren. Ansonsten nämlich hätten sie mich längst besucht.« Der Henker sah zum Haus hinüber. Es war das einzige, in dem noch ein paar Lichter brannten. Über dem Eingang hing eine Bronzeglocke. »Da drinnen arbeiten siebzehn Frauen. Tagsüber sind sie verschwunden, nachts aber kehren sie ins Leben zurück.«

Doch die Worte des Henkers konnten mich nicht beruhigen, und bedrückt machte ich mich auf den Weg durch die verlassene Straße. Kolm folgte mir, warum auch immer, und der Vollmond folgte dem Henker.

Die Aufführung

Zwei Tage später machte ich mich auf die Suche nach Kolm, denn er hatte mir versprochen sich umzuhören, ob im Gericht eventuell eine Stelle für einen Kalligraphen frei war. Er wohnte in einer Herberge speziell für seinesgleichen. Die Zunft der Henker hatte in jeder Stadt ein eigenes Haus, um damit den Problemen der Unterbringung aus dem Weg zu gehen, die ihre Mitglieder andernfalls hatten. »In den Zimmern«, erzählte mir Kolm – denn da ich nie jemanden exekutiert hatte, durfte ich das Haus nicht betreten –, »gab es früher Beile, Kapuzen, Gürtel der berühmtesten Henker.« Kolm wurde bei der Erinnerung an diese Objekte regelrecht melancholisch. Ich fragte ihn erneut, warum er den einträglichen Beruf aufgegeben hatte.

»Vor fünf Jahren beteiligte ich mich an der Niederschlagung eines Aufstandes gegen Monsieur de Ressing. Ich hatte etwa zehn Köpfe abgeschlagen, als mich von unten plötzlich Augen anschauten, die mir bekannt vorkamen. Ich tauchte mein Hand in den blutigen Korb und erkannte den Kopf meines Vaters. Ich hatte ihn länger nicht gesehen und hingerichtet, ohne es zu bemerken. Ich weiß, dass mein Vater mich erkannt hatte. Und trotzdem hat er nichts gesagt. Er wollte mich nicht bei meiner Arbeit unterbrechen. Seitdem habe ich nie wieder jemanden hingerichtet. Den Körper meines Vaters hatte ich nicht mehr retten können, seinen Kopf aber brachte ich in einem Glasbehälter in das Dorf, in dem er geboren wurde, und dort begrub ich ihn, wie er es verdient hatte. Auf den Grabstein schrieb ich: *Hier ruht Theodor Kolm. Und woanders.*«

Es war Sonntag, und Kolm hatte frei. Wir spazierten eine Weile durch die Gegend, bis wir an einer Seite des Marktes eine Menschenmenge entdeckten. Wir näherten uns dem Spektakel: Eine Theatergruppe führte das Stück *Calas' Mörder* auf.

Die Schauspieler hatten für ihre Inszenierung einen

verlassenen Platz zwischen zwei Statuen schlafender Pferde ausgesucht.

Die Kirche war stets ein Feind der Schauspieler gewesen; sie hatte sie über Jahrhunderte dazu verdammt, in ungeweihter Erde begraben zu werden. Weil aber das Stück der Truppe von so allgemeinem Interesse war, hatten sich die weißen Dominikaner sogar bereit erklärt, für die Aufführung zu zahlen. Noch in derselben Nacht sollte ich eine Zusammenfassung für Ferney schreiben:

> Familie Calas sitzt zusammen am Tisch. Ein weit entfernt lebender Freund kommt zu Besuch. Er beginnt, von seiner Stadt zu erzählen. Nach einer Weile merkt er, dass ihm niemand Aufmerksamkeit schenkt und niemand auf seine Bemerkungen reagiert. Schließlich wird er vom Vater, Jean Calas, unterbrochen. Dieser sagt, man müsse eine Entscheidung treffen.
>
> Marc Antoine ist kurz davor, seine Konvertierung zum Katholizismus zu unterschreiben, erklärt der Vater. Seit siebzehn Tagen sitzt er eingeschlossen in seinem Zimmer und liest die Bibel. Wir schmuggeln schon Spinnen und Schlangen zwischen die Seiten, doch nichts kann ihn ablenken.
>
> Nachts, setzt die Mutter fort, geben wir ihm Kerzen, aus denen wir fast den ganzen Docht herausgezogen haben, damit sie schnell ausgehen, doch er liest im Licht des Mondes weiter, das er mithilfe einiger Spiegel zu vervielfältigen weiß. Und dann, in den mondlosen Nächten, denen der totalen Dunkel-

heit, wiederholt er die heiligen Worte, die uns schon lange nicht mehr heilig sind.

Und es gibt keine Möglichkeit, ihn davon abzubringen?, fragt der Freund. Frauen? Eine Reise vielleicht?

Wir haben schon alles versucht, sagt der Vater. Jetzt wollen wir das Lamm opfern.

Aber es ist unser Lamm, sagt die Mutter. Wenn wir noch ein Weilchen warten, dann …

Der Vater: Morgen wird er nach Saint-Stéphane gehen, um seine Konvertierung zu unterschreiben. Und danach kann er das Amt eines Anwalts ausüben. Am Ende wird er sogar gegen uns vorgehen, um unter Beweis zu stellen, dass es ihm ernst war mit seiner Entscheidung. Es gibt keinen schädlicheren Glauben als den Glauben der Konvertiten.

Wo wollen wir es machen?, fragt der Freund.

Oben steckt ein Nagel in der Wand, hoch über der Tür. Bislang hatten wir noch keine Verwendung für ihn, aber wir konnten ihn auch nicht rausziehen.

Vielleicht sollten wir bis zum Morgengrauen warten, sagt die Mutter.

Der Strick ist ungeduldig, sagt der Vater.

Schweigend steigen sie die Treppe hoch, um ihn zu holen. Jean Calas geht voran, den Strick in der Hand.

Marc Antoine liegt lesend auf seinem Bett, als sie den Raum betreten.

Wir sind gekommen, um mit dir zu reden.

Mit einem Strick? Komische Art, sich zu unterhalten.

Lass uns über die Entscheidung reden, die du treffen willst.

Dazu ist es zu spät. Man erwartet mich. Ich werde dem Glauben Luthers abschwören.

Dann bleibt uns keine andere Wahl, sagt der Vater.

Wo soll es geschehen?, fragt der Sohn. Ich würde gern diesen Absatz zu Ende lesen. Er spricht vom Martyrium.

Der Vater reißt die Seite heraus. Er stopft dem Sohn das Stück Papier in den Mund.

Es ist nicht nötig, mehr über das Martyrium zu lesen. Du hast Gelegenheit, seine Bedeutung am eigenen Leib zu spüren.

Die Mutter und der Freund halten ihn fest. Der Vater legt ihm die Schlinge um den Hals. Alle zusammen heben ihn aus dem Bett und knüpfen ihn auf.

Das Stück war ein solcher Erfolg, dass die Leute die Schauspieler mit den Personen verwechselten, die sie darstellten, und sie in ihrer Empörung mit Steinen bewarfen.

Der Chef der Truppe – er hatte die Rolle von Jean Calas gegeben – musste erst richtig laut werden, damit man ihn hörte.

»So lasst doch eure Wut nicht an uns aus! Wir sind doch bloß Schauspieler! Aber wir sind so überzeugt von dem, was wir tun, dass unser Marc Antoine hier sogar ein echter Gehängter ist. Er kam in Marseille irrtümlich an den Galgen, und ein Wunder hat ihn gerettet.«

Vom Podium aus zeigte Marc Antoine dem Publikum die Spuren an seinem Hals.

»Das ist der Mann, von dem ich erzählt habe«, flüsterte Kolm mir ins Ohr. »Er ist der Inbegriff meines Scheiterns.«

»Das spielt doch keine Rolle mehr. Sie haben Ihren Beruf aufgegeben.«

Wir entfernten uns von der Menschentraube und den Rufen. »Wer einmal Henker war, der hört nie ganz auf, einer zu sein.«

Die Prüfung

Kolm begleitete mich zum Gericht, wo meine Fähigkeiten als Justizschreiber getestet werden sollten. Jede Woche wurden neue Kalligraphen eingestellt, während die alten frustriert von der völligen Unordnung, den widersprüchlichen Anweisungen oder aus Furcht vor giftiger Tinte den Dienst quittierten. Unter den Gerichtsschreibern aus der Umgebung ging das Gerücht, es gebe ein verfluchtes Wort. Es geschah jedoch nichts weiter, bis dieses Wort, wohl versteckt in einem der juristischen Texte, tatsächlich auftauchte. Fortan stürzte jeder ins Unglück, der es niederschrieb.

Zusammen mit zwanzig weiteren Aspiranten wurde ich in dem großen Saal vorstellig, in dem man uns prüfen wollte. In dem Raum standen Holzbänke, die voller Ritze und Einkerbungen waren; von jenen heimlichen

Einschreibungen konnte man die Kunst der Kalligraphie besser lernen als aus jedem sonstigen Schriftstück. Schon bald merkte ich, dass ich längst nicht so schnell war wie die anderen, und sah mich schon verloren.

»Sie dürfen gehen«, sagte der Prüfer dann auch zu mir. »Ich verstehe nicht, wie Sie sich mit einer Hand lahm wie eine Schnecke überhaupt vorstellen konnten.«

»Meine Hand mag lahm sein, aber sie weiß, was sie tut. Haben Sie jemals eine Schnecke vom Weg abkommen oder ihre Richtung korrigieren sehen? Begleiten Sie mich einen Moment in den Patio.«

Als wir am Rand eines Bassins ankamen, fragte ich den Prüfer nach seinem Namen.

»Tellier.«

Mit Ölfarbe schrieb ich die Buchstaben auf die Wasseroberfläche, verkehrt herum allerdings, spiegelbildlich. Als ich auf das Wasser vorsichtig ein Blatt japanisches Papier legte, stand kurz darauf der Name zusätzlich verziert mit einigen Walnussbaumblättern, die ich fast auf ihr feingliedriges Geäst reduziert hatte, richtig herum darauf. Ich wurde sofort angenommen.

Man führte mich in einen Raum, gab mir einen blauen Umhang und eine Bronzeplakette, die ich mir um den Hals hängen sollte und auf der stand: Kalligraph.

So verbrachte ich die nächsten Tage damit, in den Archiven zu stöbern, Schriftstücke aufzusetzen und die Sitzungen zu protokollieren, die im Fall Calas gehalten wurden. Die Mehrheit schien die Sache schon zu langweilen, als wären die Hauptdarsteller bereits vor Jahren gestorben und als hätten die Richter und Beisitzer die undankbare Aufgabe, die Erinnerung an weit zurückliegende Ereignisse wach zu halten. Ein Zeuge nach dem anderen kam zu Wort: Die Calas hatten niemals jemandem Schaden zugefügt, sie hatten auch gar nichts gegen Katholiken. Ihr ältester Sohn, der etwas außerhalb von Toulouse gelebt hatte, sei zwar konvertiert, aber die Familie hatte ihn trotzdem mit einem monatlichen Betrag unterstützt. Doch diese Zeugen, die der Anwalt der Calas in den Gerichtssaal geladen hatte, waren nichts gegen die Wogen der Berichte von Wundertaten: Blinde sahen wieder, Krüppel konnten gehen, und unheilbare Krankheiten verschwanden, sobald man zu dem Gehängten betete.

Ich schrieb an Voltaire, dass sich ein schlimmes Ende ankündigte, dass die Verteidigung zwar das Leben der Frauen und des Bruders retten konnte, der Vater aber bereits verurteilt war. Von all den möglichen Varianten siegte die unfassbarste: Danach hatte Jean Calas, ein Mann von fünfundsiebzig Jahren, seinem Sohn gegen dessen Widerstand und ohne jede Hilfe allein die Schlinge um den Hals gelegt und ihn an dem Nagel über der Tür erhängt.

Aufgrund meiner Obsession für die Kalligraphie gewann ich in den folgenden Tagen das Vertrauen meiner Vorgesetzten. Ich nutzte jede sich bietende Gelegenheit, um kundzutun, dass eine Druckmaschine, stets bereit, die finstersten Ideen zu verbreiten, und auch ihr Endprodukt, die Enzyklopädien, gottlose Zusammenfassungen unserer Welt, die Wörter jeglicher Transzendenz beraubten. Ein Kalligraph hingegen nähere sich der Welt wie ehedem der Kopist: Er schreibt für die Erkenntnis. Und mit diesen Überzeugungen brachte ich Tellier und seine Untergebenen auf meine Seite. Ich verteidigte meine Kunst so sehr mit theologischen Argumenten, dass ich meine eigenen Lügen am Ende selbst glaubte. Noch heute, während ich die Unterlagen des Domkapitels abschreibe, sage ich mir gelegentlich: Gott hat die Welt nicht mit der Druckmaschine geschaffen, sondern per Hand, Buchstabe für Buchstabe. Und diese Gedanken, oder besser, der Versuch, sie zu glauben, rechtfertigt all die verlorenen Stunden.

Eines Tages beauftragte Tellier mich damit, mehrere Schriftrollen in das Kloster der Dominikaner zu bringen. Obwohl es ein Umweg war, ging ich am Haus mit der Glocke vorbei. Die Bewohner schliefen. Alle Fensterläden waren geschlossen.

Am Tor des Klosters traf ich auf einen Kapuzenmann. Ich sagte ihm, dass ich die Dokumente Pater Razin überbringen sollte. Der Mann sah auf meine um den Hals gehängte Plakette und führte mich einen Flur entlang bis zu einer Treppe. Vor einer mit Ornamenten versehenen Tür blieb ich stehen, unschlüssig, ob ich sie öffnen oder die Treppe hinabsteigen sollte. Der Kapuzenmann war verschwunden. Zaghaft klopfte ich an, doch niemand antwortete, vermutlich, weil die Tür so dick war, dass das Klopfen gar nicht bis nach drinnen drang. Ich öffnete die Tür so weit, dass ich den Kopf durch den Spalt strecken konnte.

Die purpurfarbenen Vorhänge betonten die Abgeschiedenheit dieses Ortes noch. Den vorderen Teil des Raumes erhellte das Licht der Kerzen, weiter hinten aber verlor es sich, sodass das Ende in völliger Dunkelheit lag. Fünf Mönche standen über riesige Landkarten und Stadtpläne gebeugt. Ihre Unterhaltung beschränkte sich auf Gesten und Gemurmel. Sie sahen mich nicht. Sie erkundeten die von Flüssen oder Gebirgsketten durchzogenen Länder und die kartographierten Städte, und verteilten, mal hier, mal da, winzige Kreuze und Galgen aus Blei auf dem Papier. Es schien, als wären sie in ein Spiel vertieft, mit dem sie vor Jahren begonnen hatten und dessen Regeln auf halbem Weg verloren gegangen waren.

Eine eiserne Hand packte mich am Kragen.

»Das ist die falsche Richtung«, sagte der Mönch, der mir das Tor geöffnet hatte. »Wir müssen nach unten.«

Ungeduldig schubste er mich voran. Fast wäre ich die Treppe hinuntergefallen.

Pater Razin saß vor einem Schreibtisch. Er trug die Kopfbedeckung der weißen Büßer – dem fanatischsten Zweig der Dominikaner. Seine Hände waren wie Klauen, die mir einen Augenblick später die Schriftrollen entrissen. Er las die Dokumente in null Komma nichts durch und machte sich auf einem Zettel ein paar Notizen.

»Passen Sie auf, dass das Siegel keinen Schaden nimmt. Aus Dummheit oder Verrat haben wir schon drei Kuriere verloren.«

An diesem Nachmittag waren die Gerichtssäle menschenleer. Ich würde die Botschaft erst am nächsten Tag überbringen können. Ich nahm den Brief mit nach Hause und legte ihn mir unter das Kopfkissen. Kaum hatte ich das getan, hörte ich aus einem Schloss, das weit entfernt lag, eine brüchige Stimme, die mir gebot, den Brief zu öffnen.

Das Risiko war groß, aber mein Vorteil war, dass ich schon Erfahrung mit solcher Art von Siegeln hatte. Zunächst machte ich mit flüssigem Blei einen Abdruck von dem Siegel; danach machte ich behutsam den Lack ab, ja, trennte die Reste mit einem feinen Stilett vom Papier. Mit einem heißen, mit Eukalyptusblättern angereicherten Dampfbad beendete ich schließlich die Prozedur und öffnete den Brief.

Der Druck von Razins Feder hatte den Bogen fast zerkratzt: »Bericht über die neuesten Entwicklungen des Falles nach Paris. Der Herr hat uns mit einer regelrechten Epidemie von Wundern gesegnet. Der Name Marc Antoines kann nicht mehr beschmutzt werden. Unser Problem ist jetzt die Frau, die sie Girard aus der Schweiz geschickt haben und die er als besondere Attraktion im Haus der Glocke vorführt. Im französischen Königreich darf es kein anderes Kind von von Knepper geben. Ich brauche zwei Mann Ihres Vertrauens. Um den Rest kümmere ich mich. Das Böse bedient sich himmlischer Mächte; das Gute braucht jetzt die Kraft der Hölle.«

Ich ließ den Lack schmelzen, goss ihn in die gefertigte Form und versiegelte den Brief wieder. Einmal getrocknet, feilte ich ihn geduldig, um damit auch die letzte Spur einer Beschädigung zu beseitigen.

Telliers Ungeduld war auf meiner Seite. Er riss den Brief auf, ohne ihn anzusehen.

»Riecht nach Eukalyptus«, war sein einziger Kommentar, nachdem er ihn schon gelesen hatte.

»Ich bin heute früh aufgestanden, weil ich einen Spaziergang machen wollte, und habe mich dabei im Wald verlaufen.«

Er gab mir eine Hand voll Münzen, die so dunkel angelaufen waren, als hätten sie im Rauch gelegen. Diese Münzen waren der Schlüssel, der mir die Tür zum Haus der Glocke öffnen würde.

Die Bronzeglocke

Vor der Tür stand ein großer Wachmann, der, wie ich nach einer Weile begriff, wortlos auf irgendeine Art von Gegenleistung wartete. Ich zeigte ihm das Geld, das ich dabei hatte.

»Reicht das für die Frau aus dem letzten Fenster?«

Er antwortete nicht, trat jedoch einen Schritt zur Seite und gab den Weg frei.

In einem Salon warteten fünf Männer in zerschlissenen Sesseln aus rotem Samt darauf, dass Zimmer und Frauen frei würden. Die Gesichter verbargen sie hinter Hunde-, Hasen- und Bärenmasken. Dort saßen sie im Halbdunkel, zurückgenommen wie Mönche, und ihr Verhalten verriet keinerlei Anzeichen einer Gefühlsregung: Langeweile oder Schüchternheit etwa, einen Anflug von Würde. Zum Karneval gefällt es den Kostümierten, ihr wahres Gesicht zu verstecken und sich mit Masken zu zeigen. Die Herren, die hier mit mir warteten, schienen selbst noch die Maske verstecken zu wollen, als würden sie mit dem ihnen zugeteilten Tier etwas über ihre gespaltene Identität aussagen. Mir gab man eine Bärenmaske und wies mir einen Platz in der Ecke zu.

Ab und an kam ein Zwerg in den Warteraum und schlug vor dem nächsten Auserwählten eine Bronzeglocke, um ihn danach mit sich die Treppe hochzuführen. Die kleine Glocke war das genaue Gegenstück zu der, die die Fassade des Gebäudes schmückte. Jeder von uns achtete aufmerksam auf die Schritte des Zwergs, der – sich seiner Bedeutung bewusst – die Eichenholztreppe entsprechend laut hinabpolterte. Der Klang der Glocke war dumpf, als würde sie unter Wasser geschlagen.

Ich war eingeschlafen, bis mich das Geklingel weckte und ich direkt in das bleiche Gesicht des Zwergs sah. Wir stiegen die Treppen mehrere Etagen hoch, bis wir bei dem letzten Zimmer ankamen. Mein Führer forderte mich dazu auf, mein gesamtes Geld in einen Lederbeutel zu füllen. Dann ließ er mich eintreten und schloss die Tür hinter mir.

Als Erstes fiel mein Blick auf eine spanische Wand, auf der wirre Figuren abgebildet waren, die je nach Lichteinfall mal wie Drachen, dann wieder wie Frauen aussahen. Auf der anderen Seite des Zimmers stand ein großes Bett, in dem eine bis zum Hals mit einem gold und schwarz bestickten Laken zugedeckte Frau lag. Sie hatte die Augen geöffnet, und eine Eiseskälte ging von ihr aus, die den ganzen Raum beherrschte. Ebenso wie die Figuren auf der spanischen Wand wirkte auch sie manchmal wie ein Drachen, manchmal wie ein Frau – je nach Licht.

Ich sagte ihr das, was ich ihr sagen wollte: die Wahrheit. Und wie immer, wenn man die Wahrheit sagte, war es auch diesmal eine Art des Abschieds: »Ich weiß nicht, wie es kommt, dass Sie leben, ich weiß nicht, ob Sie eine Zwillingsschwester haben, ob es sich um Zauberei handelt oder ob ich verrückt geworden bin. Aber bald, vielleicht noch heute, kommen die weißen Büßer, um Sie zu töten. Wenn Sie mit mir kommen, wenn Sie mir vertrauen wollen, können Sie gerettet werden.«

Sie machte eine kaum merkliche Geste mit der Hand, und ich habe nie herausfinden können, ob sie Zustimmung oder Ablehnung signalisierte. In dem Moment hörte ich von unten den ersten Schlag, dann einen Schuss und darauf den Schrei einer Frau. Die dunkle Macht eroberte ein Zimmer nach dem anderen, und aus jedem drangen Rufe und lautes Knallen.

Der Zwerg kehrte zurück, jetzt, da er die Last der Welt auf dem Buckel zu tragen schien, wirkte er noch kleiner. Was er im Folgenden tat, ist mir noch heute unbegreiflich: Er steckte die Finger in den Mund der Frau, als hätte er in ihrer Kehle einen Schatz versteckt.

»Sie schneiden sämtlichen Frauen die Kehle durch, um zu sehen, ob sie Blut in den Adern haben. Helfen Sie mir, sie von hier wegzubringen, durch den Geheimausgang dort, hinter der spanischen Wand.«

Doch es war zu spät: Ein Kapuzenmann – der weiße Stoff seines Umhangs befleckt mit Blut – stand schon in der Tür. Der Zwerg stieß ihn hinaus und schubste ihn vor sich her nach unten. Ich hörte den Lärm der Glocke, deren Geklingel durch das Treppenhaus schallte und vergeblich nach den rettenden Edelmännern rief.

Zwei andere weiße Büßer, auch sie blutbesudelt, vereitelten jeden Fluchtplan. Ohne sich auch nur im Geringsten für mich zu interessieren, schlugen sie mich nieder, den Blick dabei fest auf ihre Beute gerichtet. Ich sah noch, wie sie die Frau aus dem Bett zerrten. Ihr nackter Körper war perfekt – und kalt. Mehr als Begehren weckte er Verwunderung. Unsere Feinde verharrten einen

Moment in reglosem Schweigen, als hätten sie über dem Anblick der Frau vergessen, wozu sie eigentlich gekommen waren. Einem fiel es schließlich wieder ein, und mit einem Schnitt durchtrennte er die Kehle mit seinem Dolch. Doch wie ein Verbrechen, das man nur träumt, trat kein Blut aus der Wunde, ja, der Schnitt hinterließ kaum mehr als ein Muster auf dem weißen Blatt Papier ihres Halses.

»Das ist sie«, sagte einer der Büßer.

Sie trugen sie auf den Schultern hinaus. Sie hatte die Arme gespreizt, und in dieser statuengleichen Haltung verabschiedete sie sich von allem.

Ich wollte ihnen folgen, doch eine dunkle Gestalt raunte mir aus der Tiefe des Treppenflurs zu: »Gehen Sie nicht auf die Straße. Sie hat unter der Zunge einen versteckten Mechanismus, der verhindert, dass man sie rauben kann. Ich habe ihn schon in Gang gesetzt.«

Ich beachtete ihn nicht und folgte der Kutsche, die von unsichtbaren Pferden gezogen wurde. Ich versuchte, sie einzuholen, doch das Getrappel und der Lärm entfernten sich immer weiter von mir und verhallten schließlich ganz. Dann, als alles schon vorbei zu sein schien, hörte ich die Explosion. Sekunden später kam ein brennendes Pferd auf mich zugaloppiert. Ich konnte gerade noch rechtzeitig zur Seite springen, das Tier raste an mir vorbei, bis es an der Treppe zur Kirche zusammenbrach.

Ich orientierte mich an dem Rauch und den Rufen. Das Unglück hatte eine Spur von verbranntem Holz und Metallteilen hinterlassen. Einer der Kapuzenmänner lebte noch und bat um Wasser. Die anderen hatte es in Stücke zerrissen.

Ich kehrte zum Haus der Glocke zurück. Auf der Straße beweinten die Frauen, die überlebt hatten, ihre niedergemetzelten Gefährtinnen. Um sie herum verstreut lagen die Hunde-, Hasen- und Bärenmasken der geflohenen Männer. Völlig außer sich schlug der Zwerg wie besessen die Glocke und lud damit zu einer letzten Zeremonie ein, die nie beginnen würde. Das Getöse verfolgte mich durch die Straßen und Stunden, die bis zum Einbruch der Dunkelheit noch fehlten.

Die Hinrichtung

In den Tagen vor Jean Calas' Hinrichtung war am Gericht viel zu tun, und ich saß bis tief in die Nacht über den Schriftsätzen, während meine Kalligraphenkollegen aus dem Büro, der Stadt oder gar dem Leben flüchteten. Der Unruhe der Richter entsprach auf den unteren Ebenen, bei den Sekretären, Gerichtsdienern, Kalligraphen, eine noch deutlicher spürbare Erregung. Das abwesende Schweigen eines Richters, ein unvollendeter Satz oder ein zweifelnder Blick verfing sich im Treppenhaus, in den Sälen und Büros, verwandelte sich in ein beschädigtes Dokument, einen Tintenfleck, der sich auf einem Urteil ausbreitete, oder in ein Archiv in Flammen. Mein Vorgesetzter, Tellier, überschüttete mich mit einer Aufgabe nach der anderen, und noch bevor die Tinte auf dem einen Papier getrocknet war, wartete schon das nächste. Seit jeher war ich ein guter Kalligraph gewesen, nie aber ein schneller, denn Schnelligkeit steht im Widerspruch zu der Sorgfalt meiner Arbeit. Dennoch forderte man in jenen Tagen Tempo und Nachlässigkeit von mir.

Als Chronist des Vollzugs notierte ich die einzelnen Phasen der Hinrichtung Jean Calas': die Glieder mit einer Eisenstange gebrochen, die Brust eingedrückt, der Tod am Rad. Man hatte gehofft, er würde vorher noch seine Komplizen verraten, aber er bat lediglich Gott für die Richter um Vergebung. Je weiter Jean Calas sein Leben aushauchte und je furchtbarer die Worte wurden, umso perfekter wurde, trotz der bedrängenden Situation, meine Schrift, gerade so, als wollte ich mich vor diesem Martyrium in die reine Form des Buchstabens flüchten. Jeder Kalligraph kennt den Moment, in dem er sich der Bedeutung der Worte verweigert, um sich nur noch ihrer Hülle zu widmen, und für sich das Recht in Anspruch nimmt, nichts von all dem zu verstehen, was er da akribisch Buchstabe für Buchstabe in einer fremden Sprache auf das Papier malt.

Die Sache war auf die schlimmstmögliche Art zu Ende gegangen, und ich hatte nichts mehr in Toulouse verloren. Ich wollte nach Ferney zurückkehren und bat Voltaire um Anweisungen für meine nächsten Schritte. Der Brief, den ich darauf erhielt, war alarmierend verworren, und ich war mir nicht sicher, ob ich diesen Umstand auf das Alter seines Verfassers oder auf dessen Furcht zurückführen sollte, dass man das Schreiben abfangen könnte. Ich begriff schließlich, dass mein Meister jeden meiner Berichte aufmerksam studiert hatte und zu dem Schluss gekommen war, dass der Fall Calas Teil eines bedeutend weitreichenderen Geschehens war, das mit einer Kette von Wundern in verschiedenen Regionen Frankreichs in Verbindung stand. Er schickte mir etwas Geld und befahl mir, nach Paris zu fahren.

Ich ging sofort zum Gericht und bat um den noch ausstehenden Lohn. Darauf informierte ich Tellier über die bevorstehende Reise, der mich noch um einen letzten Gefallen bat: Ich sollte dem Bischof von Paris eine Nachricht überbringen. Der Bote, der sich an eben jenem Abend auf den Weg machen sollte, hätte sich betrunken und würde seinen Rausch ausschlafen. Die Kutsche stand schon bereit, und ich kam mir vor wie ein Schauspieler, der mitten in der Vorstellung eines unbekannten Stückes die Bühne betritt und redlich bemüht ist, unverständliche Anweisungen zu befolgen. Mir blieb kaum noch Zeit, mein Gepäck fertig zu machen.

Die Karosse bog aus der Straße, in der die Pension lag, und musste sogleich vor einer Menschenansammlung Halt machen, die sich um den Platz gebildet hatte, auf dem das Stück *Calas' Mörder* aufgeführt worden war. Ich vermutete, dass es Zuschauer einer nächtlichen Vorstellung waren. Die Dunkelheit würde die Schattenseiten dieser Geschichte betonen, und der Schauder wäre größer, wenn man nur die Stimmen hörte. Aber auf dem Podium bewegte sich rein gar nichts, und ich wunderte mich über die Aufmerksamkeit, die man einem Geschehen schenkte, das man weder hören noch sehen konnte. Jemand näherte sich dem Schauspiel mit einer Fackel, und ich erkannte den Darsteller, der die Rolle Marc Antoines gespielt hatte. Er hing an einem Strick, und die Inszenierung war schlicht perfekt, denn sein Gesicht war blau angelaufen, und die Zunge hing ihm aus dem Mund. Am äußeren Rand der Menschenmenge, dort, wo die

Versprengten und die jüngst Hinzugekommenen vage und unzusammenhängend darüber informiert werden, was in der Mitte geschieht, entdeckte ich Kolm. Ich wäre gern zu ihm gegangen, um ihn nach dem Ausgang der Vorstellung zu fragen, doch es gelang mir lediglich, mit der Hand ein Zeichen zu geben, worauf er seinerseits seinen Stock zum Gruß hob.

Trotz der schrecklichen Ereignisse, die ich in Toulouse erlebt hatte, spürte ich doch auch eine gewisse Melancholie, als ich die Stadt verließ. Es dauerte nicht lange, da war dieses Gefühl allerdings auch verschwunden, als ob die Pferde es mit jedem Schritt zertreten und zermalmt hätten. Ich war zwanzig Jahre alt, und wenn man noch so jung ist, verblassen die Städte, die man hinter sich lässt, während die der Zukunft vor einem Gestalt annehmen. Heute hingegen sehe ich nur noch die Städte gestochen scharf vor mir, denen ich den Rücken gekehrt habe. Verschwommen und im Dunkeln aber liegt die Stadt, in der ich lebe, so sehr ich sie auch erkunden mag.

Zweiter Teil
Der Bischof

Die Hand des Abtes

Da mein Onkel jede Ausgabe, die nicht zwingend erforderlich war – und in seinen Augen war das keine –, als Verschwendung ansah, lag das Haus im Dunkeln. Das Hausmädchen hatte einen Kerzenständer in der Hand, durfte die Kerzen aber nicht anzünden. Trotzdem hielt sie ihn hoch, als wäre noch die fehlende Flamme in der Lage, den mit Sesseln, anderen Möbeln und Gemälden zugestellten Flur – Gegenstände, mit denen mein Onkel zuweilen für einen Transport bezahlt wurde – zu beleuchten. Sich bis ins letzte Detail gleichende Statuen waren an verschiedenen Punkten im Haus postiert und erweckten beim Gast den Eindruck, verloren in einem ausweglosen Labyrinth umherzuirren. Wir erreichten ein kleines Zimmer, das sich am Ende einer Treppe befand. Ich wartete mit dem Anzünden der Kerze, bis das Mädchen gegangen war, obwohl ich fürchtete, das Licht könne von Spiegel zu Spiegel springen, bis es den Marschall de Dalessius gefunden hatte und ihn wecken würde.

Um mich herum fand ich einige Dinge, die meinen Eltern gehört hatten – als sie beim Untergang der *Retz* ums

Leben kamen, war ich noch ein Kind gewesen. Der Segler hatte sich seinen Platz in der Geschichte der Seefahrt erobert, weil er vermutlich eines der Schiffe mit der kürzesten Lebensdauer gewesen war. Gerade vier Tage waren zwischen dem Stapellauf und dem Untergang vergangen. Die Gegenstände, alle ein wenig feucht und in der Mehrzahl auch kaputt, schienen aus diesem Untergang zu stammen. Abgesehen von meiner eigenen Person waren sie der einzige Beweis, dass es meine Eltern wirklich gegeben hatte. Auf dem Porträt, das von einem zersplitterten Holzrahmen eingefasst war, wirkten sie ernst und etwas besorgt, als wüssten sie, dass die *Retz* in dem nebligen Hafen schon auf sie wartete.

In dem Durcheinander des Raums war kaum genügend Platz für das Bett, und in dem so überraschend vollkommenen Chaos glaubte ich sogar einen verborgenen Sinn zu erkennen. Mein Onkel spekulierte darauf, dass ich mich diesem traurigen Museum stellen, ein paar einfache Tränen vergießen und für immer von hier verschwinden würde.

Am nächsten Morgen suchte ich den Marschall, wenngleich ich auch Angst vor der Begegnung hatte. Von der Köchin erfuhr ich, dass er sehr früh, fast noch bei Nacht, das Haus verlassen hatte, wie er es häufig tat. In diesem Moment beschränkte er sich darauf, mich von einem überdimensional großen Bild aus zu beobachten. Während ich hungrig alles in mich hineinschlang, was mir die Köchin auf den Tisch stellte – und es war beileibe nicht viel – besah ich mir den Umschlag, den ich dem Bischof zu überbringen hatte. Ich war versucht, ihn zu öffnen, fand aber doch nicht den Mut dazu. Auf diesem Brief waren so viele Siegel, dass es mich Tage gekostet hätte, ihn wieder in seinen ursprünglichen Zustand zu bringen.

Mit Ausbruch seiner Krankheit hatte sich der Bischof auf das Schloss von Arnim zurückgezogen. Die Dominikaner hatten es zwanzig Jahre zuvor erstanden und zu ihrer Abtei gemacht. Die Entscheidung des Bischofs hatte den Unmut anderer Ordensgemeinschaften provoziert, die ihr geistliches Oberhaupt nicht gern fernab der Stadt verschanzt hinter hohen Schlossmauern sahen. Die Dominikaner jedoch hatten geschickt mit Rom zu verhandeln verstanden und sich zu strengen Wächtern eines Bischofs aufgeschwungen, der mit jedem Tag heiliger und siecher wurde.

Das Schloss von Arnim beherbergte zudem einen weiteren prominenten Gast: Silas Darel. Obwohl nur wenige ihn jemals gesehen hatten und die Sprecher des Ordens seine Anwesenheit weder bestätigten noch leugneten, galt es als sicher, dass Silas Darel auf dem Schloss wohnte und wirkte. Die mit seiner Feder beschriebenen Blätter wurden als Raritäten auf dem Markt der Manuskripte zu Höchstpreisen gehandelt, und meistens waren sie sogar teurer als die Arbeiten aus der venezianischen Schule für Kalligraphie. Unter meinen Kollegen kursierten verschiedene Gerüchte über Darel: dass er nicht mehr fähig sei, die Feder überhaupt noch zu halten, dass er mit durchsichtiger Tinte schreibe, dass er ausschließlich mit Blut arbeite. Doch niemand wusste wirklich etwas über ihn, und die Dominikaner hielten ihn wie einen Gefangenen in einem geheimen Zimmer des Schlosses.

An der Tür zeigte ich meine Zertifikate und machte unmissverständlich klar, dass ich nicht irgendein Bote sei, sondern Gerichtsschreiber, und dass ich meine Nachricht nur an eine entsprechend hoch gestellte Persönlichkeit überbringen dürfe. Ein Mönch geleitete mich treppauf, treppab durch Flure in die Schlossbibliothek.

Ich hatte bereits vom Abt Mazy gehört, weil er sich jüngst an einer Polemik über die historische Wahrheit zum Leben der Heiligen beteiligt hatte. Mazy zufolge lag der einzig gültige Beweis, der über die Wahrhaftigkeit eines Martyriums zu entscheiden hatte, in der eindeutigen Beschreibung desselben. Er hielt es für sinnlos, in fernen Zeiten nach historischen Belegen zu forschen, wenn diese Funde für die Gegenwart keine Bedeutung an sich hatten; für ihn musste die Erzählung über das Martyrium dessen Wahrheit enthalten und dabei einem Grundsatz folgen, den der Autor in seinem Aufsatz mit dem Titel *Die moralische Konsistenz der Erzählung* ausformuliert hatte. Sein Gegenspieler hingegen, ein Franziskaner, schlug vor, das Buch der Märtyrer noch einmal zu überarbeiten und dabei alle zweifelhaften Fälle zu eliminieren. Darauf hatte Mazy entgegnet, dass der Glaube immer eine gewisse Anstrengung bedeute und man rein gar nichts damit gewinne, sich allein auf das von der Vernunft Erfassbare zu konzentrieren.

Der Abt war blass und seine Haut so weiß, dass sie in dem schummrigen Licht zu leuchten schien. Er war fünfzig Jahre alt und zugleich beides: ein alter Mann und ein Kind. Als junger Mensch hatte er seine rechte Hand verloren, und er wurde fuchsteufelswild, wenn ihn jemand nach den Umständen des Unfalls fragte. Er saß in der Bibliothek vor einem Tisch, auf dem ein langes, spitzes Federmesser und mehrere Federn sowie Papier lagen. Mit stummer Geste forderte er mich auf, die Nachricht selbst aus dem Umschlag zu holen. Ungeschickt machte ich mich am Brieföffner zu schaffen und verletzte mir den Zeigefinger. Dann reichte ich ihm das Blatt.

»Da sehe ich doch schon ein Postskriptum. Ich lese das Postskriptum immer zuerst. Was die Leute im Text schreiben, ist selten von Bedeutung; das etwas Wichtigere klatschen sie eilig unter den Gruß, und das wirklich Essenzielle erwähnen sie sowieso nicht. Ich sehe, dass man Ihre Fähigkeit als Kalligraph hervorhebt. Haben Sie Arbeit?«

»Ich hatte vor, mich beim Gericht vorzustellen.«

»Verkaufen Sie Ihre Feder nicht unter Wert. Wir haben hier unsere eigene Schule für Kalligraphie. Silas Darel ist unser Meister, aber er spricht mit niemandem, schon seit zwölf Jahren ist ihm kein Wort mehr über die Lippen gekommen. Er schreibt stets hinter den verschlossenen Türen seines Arbeitszimmers. Haben Sie schon mal von ihm gehört? Er hat unsere Schrift erfunden.«

In der Schule de Vidors hatten sie mir die dominikanische Kursivschrift beigebracht, für meinen Geschmack eine ausgesprochen schwierige Disziplin. Sie zeichnete sich vor allem durch eine Abneigung gegen jegliche Rundungen und einen konstanten Druck aus, mit dem man die Feder über das Papier führen musste, um so einen Eindruck von Tiefe zu erzeugen. Die dominikanische Schrift betrachtete die Kalligraphie nicht als einen Buchstabenfluss, der sich über die Länge des Blattes erstreckte, sondern als eine Art Leidensweg. Die kalligraphischen Skripte bezeugten den Einfluss von Darels frühester Tätigkeit als Steinmetz, während der er Nachrufe in Grabsteine meißelte.

Die Legende besagte, dass er zu der Zeit, da er diesen Beruf ausübte, dem langsamen Dahinscheiden seines Lehrherrn beiwohnte – der Name hatte sich verloren –, der seine Talente schnell erkannt und ihn sogar mit der Fertigung seiner eigenen Grabtafel beauftragt hatte. Dieser Meister weihte Darel in die Geheimnisse der Kalligraphie ein, deren Ursprung sich bis zu den Hieroglyphen des Alten Ägypten zurückverfolgen ließ. Über die Jahrhunderte hinweg hatten die Meister ihr Wissen kurz vor ihrem Tod an ihre Schüler weitergereicht. Die Leiter von de Vidors Schule lachten über diese Geschichte, die die fortgeschrittenen Schüler gern an die Neulinge weitergaben, um bei ihnen Eindruck zu schinden.

»Manchmal zeigen wir unseren Schülern die Schriften«, sagte Mazy. »Einige suchen entsetzt das Weite, wenn sie einige Stunden darüber meditiert haben, und geben den Beruf für immer auf. Andere hingegen entdecken ihre Bestimmung.«

»Wenn Sie bereits Ihre eigenen Kalligraphen haben, wozu brauchen Sie denn dann mich?«

»Es stimmt, an Kalligraphen mangelt es uns nicht, aber diese Männer sind Diener Gottes. Und ich suche nach jemandem, der sich auch auf gottlose Arbeiten versteht.«

Er öffnete ein Tintenfass der Marke Rillon, dessen Form an eine Meerschnecke erinnerte. Dann griff er nach einer langen, eher eleganten als praktischen Feder und tauchte sie in die schwarze Farbe.

»Wo arbeitet Darel?«, fragte ich.

»Am Ende der Kalligraphenstube führt eine Treppe

nach unten. Da kommen Sie direkt auf sein Arbeitszimmer zu. Das ganze Schloss könnte ihm gehören, aber er verlässt den Raum so gut wie nie.«

»Werde ich ihn bei der Arbeit beobachten können?«

»Alles zu seiner Zeit. Jeder Kalligraph muss Darel begegnen und erfahren, ob er sich falsch oder richtig entschieden hat.«

Abt Mazy reichte mir die Feder und öffnete seine Hand.

»Schreiben Sie Ihren Namen.«

Ich brauchte einen Moment, bis ich die Aufforderung verstand. Ich nahm seine Hand, weißer als jedes Blatt Papier, und langsam schrieb ich voller Angst *Dalessius.* An diesem unbekannten Ort schien es der Name von jemand anderem zu sein. Da die Haut die Tinte nicht aufnahm und die Feder recht vollgesogen war, liefen feinste Rinnsale der Farbe aus den Buchstaben in die Linien der Hand. Während mein Name sich zu einem Bild verformte, das den merkwürdigen Kartenmotiven der Wahrsager ähnelte, fühlte ich, wie die Hand des Abtes zu zittern begann, als hätte der Kontakt mit der Feder ihm Schmerz oder Wonne bereitet oder eine Eiseskälte übertragen. Dann ballte er die Faust und sagte: »Jetzt habe ich Sie in der Hand.«

Ein Freund von V.

Der Abt sagte, dass ich die Prüfung bestanden hatte, aber er verriet mir noch immer nichts über die Art meiner künftigen Tätigkeit.

»Kommen Sie in einer Woche wieder. Dann erhalten Sie von mir eine Empfehlung, damit Sie bei Siccard anfangen können.«

In den folgenden Tagen wurde mein Aufenthalt im Haus meines Onkels zu einem reinen Martyrium. Weil er ständig arbeitete, bekam ich ihn zwar kein einziges Mal zu Gesicht, aber seine Präsenz ließ er mich über diverse Anweisungen spüren, deren erklärtes Ziel es war, mir das Leben so unbequem wie möglich zu machen. Jeden Abend, wenn ich in mein Zimmer kam, standen neue Gegenstände im Weg herum und belagerten mein Bett. Alte Spielzeuge, die ich längst verloren glaubte, fielen von der Decke, und der Kopf eines Holzpferdchens traf mich an der Stirn.

Eines Nachts dann fand ich auf dem Bett eine Nachricht, die mit *Ein Freund von V.* unterschrieben war und mich in das Seilerviertel bestellte. Ich hatte keine Ahnung, wie dieser Freund bis zu mir vorgedrungen sein konnte, und je näher ich der Pension d'Espagne kam, desto größer wurde mein Misstrauen. Die Tür war offen, aber das Haus schien leer; ich schlich, besorgt, dass man mich mit einem Dieb verwechseln könnte, von Raum zu Raum, bis ich in einem mit leeren Betten zugestellten Zimmer auf einen Mann traf, der sich eine Decke bis zur Nase hochgezogen hatte. Er hatte seinen Gast wohl an seinem Schreck erkannt, denn er gab mir mit der Hand ein Zeichen einzutreten.

Ich setzte mich mit gebotenem Abstand – schließlich war es denkbar, dass dieser Mann sein Gesicht aufgrund einer Krankheit verbarg. Ohne die Decke einen Millimeter nach unten zu schieben, nannte er mir seinen Namen:

Beccaria. Er betonte ihn voller Nachdruck, als hätte das Wort allein die Kraft, einem jede Furcht zu nehmen. Ich hatte schon das eine oder andere Bild von Beccaria gesehen, aber ich misstraute Malern, deren Verständnis von harmonischem Gleichgewicht und Schönheit doch gern etwas großzügig war. Außerdem war ich mir noch nicht sicher, ob der Mann, der das Gesicht weiter unter der Decke verbarg, nicht vielleicht ein Betrüger war. Voltaire hatte einem Buch Beccarias, *Von den Wonnen und dem Schmerz,* eine kurze Laudatio vorangestellt, von der allerdings niemand glaubte, dass er sie wirklich verfasst hatte. Die verfluchten Namen verfolgten Voltaire seit jeher: Unterzeichnete er etwas, zweifelte man an der Authentizität, während man jedes anonyme Pamphlet ihm zuschrieb.

»Gemeinsame Freunde von uns haben mich gebeten, mit Ihnen in Kontakt zu treten. Im Schloss wartet man auf Nachricht von Ihnen.«

»Und ich warte auf Geld. Haben Sie etwas für mich dabei?«

»Mit solchen Dingen beschäftige ich mich nicht. Das Einzige, was ich Ihnen anbieten kann, ist, Ihre Worte bis zur Grenze zu bringen.«

»Wie kann ich Ihnen trauen? Ihr Ruf eilt Ihnen bis in den hintersten Winkel Europas voraus, und nun treffe ich Sie hier, in einer Pension für die Ärmsten aller Justizangestellten.«

»Spione lauern überall. Meine Feinde heuern Feinde an, die Feinde anheuern.«

»Wer sind Ihre Feinde? Haben sie eine Soutane an?«

»Ich wünschte, es wäre so. Meine Feinde waren früher

meine Freunde. Deswegen kennen sie mich und können jeden meiner Schritte vorausahnen. Um nicht erwischt zu werden, muss ich mich in einen anderen Menschen verwandeln. Also mache ich all das, was ich verabscheue, und so bin ich, als ein anderer, einigermaßen sicher.«

Bei seinem schlechten Französisch und der Decke, die seine Worte schluckte, machte es Mühe, ihn zu verstehen, aber nach ein paar Minuten begriff ich, dass er dabei war, mir sein Leben zu erzählen. Beccaria hatte sich nie sonderlich für juristische Themen interessiert, mit denen sein Name so berühmt geworden war, bis er sich, eher aus Freundschaft denn aus echter Neugier, einer Gruppe Intellektueller aus Mailand angeschlossen hatte, die die Zeitschrift *Il Caffè* begründeten.

»Ich beschäftigte mich eigentlich lieber mit der Mathematik, doch weil um mich herum alle schrieben, wollte ich auch schreiben. Kaum aber hatte ich die Feder in der Hand, da übermannte mich auch schon der Schlaf. Meine Freunde dagegen, allen voran die Verri-Brüder, haben unermüdlich gearbeitet. Ich wollte lieber raus, zu den Frauen, die Stadt unsicher machen, so wie wir es immer gemacht haben, die anderen aber nahmen die Zeitschrift so ernst, dass sie mich regelrecht gezwungen haben, bei ihnen zu bleiben und den Mund zu halten. Doch meine Gleichgültigkeit störte sie, und am Ende hat Alessandro Verri mir gedroht: Wenn ich nicht vernünftig mitmachen würde, flöge ich raus. Ich habe ihn also um ein Thema gebeten, und er hat mir den Bereich Recht vorgeschlagen. Ich erinnerte mich an unsere Spaziergänge von früher, als wir bis zum Morgengrauen *Das Wesen der Gesetze* diskutierten. Ich entschied mich dafür, in meinen Artikeln jenen Ton aufzugreifen, den auch unsere endlosen Gespräche kennzeichneten. Von dem Moment an, in dem ich mit dem Schreiben angefangen hatte, trug ich wie ein Amulett stets eine Liste mit den in Mailand vollstreckten Todesurteilen bei mir, die ich mir jeden Nachmittag, bevor ich mit dem Schreiben anfing, laut vorlas: Massimo Cardacci, gehängt; Renzo Zarco, zerstückelt; Vittorio Lapaglia, enthauptet, Rumpf wurde in den Fluss geworfen; dieser wurde ebenfalls erhängt, jener kam am Rad zu Tode, bevor er auf dem Marktplatz verbrannt wurde. Meine Freunde lachten mich aus, wenn sie mich die Namensliste der zum Tode Verurteilten herunterbeten hörten, als handelte es sich um eine Art Zauberspruch, mit dem ich mich meiner Macht über die Wörter versichern wollte, doch weil ich Erfolg damit hatte, ermunterten sie mich zum Weitermachen.«

Beccaria sprang aus dem Bett und begann, sich anzuziehen. Er schien wie die Skizze zu einem Gemälde von ihm. Die Kleider hingen schlaff an ihm herab, als hätte er zu schnell an Gewicht verloren. Er bewegte sich wie ein Schlafwandler.

»Nach und nach füllte ich die Seiten des Buches, so wie eine Frau sich aus Flicken ein Kleid näht. Meine Freunde haben mir bei den Korrekturen geholfen und das Manuskript großzügig in den Druck gegeben. Wie unterstützend Freunde doch sind, wenn sie nicht an unsere Fähigkeiten glauben. Sobald sie aber begreifen, was sie wert sind, stellen sie sich gegen einen. Es gibt nichts Schlimmeres als den Neid um das geschriebene Wort. Die Verris haben mich denunziert und verfolgt. Nicht einmal der Angriff des Rats der Zehn in Venedig war so heftig wie der meiner alten Freunde. Des Betrugs haben sie mich bezichtigt, meine Lust haben sie kritisiert und meine Oberflächlichkeit, und als mich einmal eine Spinne gebissen und mir einen Schreck eingejagt hatte, haben sie sich selbst darüber noch lustig gemacht und mich einen Feigling genannt.«

Er öffnete eine Truhe und machte ungeschickt Anstalten, die Kleidung und Bücher darin zu sortieren; die Wäsche war schmutzig und zerknittert, den Büchern fehlte der Umschlag, und ein paar Seiten fledderten heraus.

»Schreiben Sie etwas, und ich überbringe die Nachricht«, sagte er mit ernster Stimme.

Während Beccaria sich weiter anzog, holte ich aus dem Beutel, den ich um den Hals trug, eine Feder und ein Tintenfass heraus und kniete mich zum Schreiben vor die Truhe, um sie als Tisch zu benutzen. Ich begann damit, die jüngsten Ereignisse zu notieren, bevor ich die nächsten Schritte meiner Untersuchung definierte. Weiter besorgt, der Bote könnte doch ein Spion sein, nannte ich die Dinge nicht direkt beim Namen, sondern beschränkte mich auf Anspielungen und Ausflüchte.

Beccaria spähte dabei aus dem Fenster, lief durch den Raum zur Tür, um dann wieder, das Ohr in die Luft gestreckt, innezuhalten. Noch das kleinste Geräusch war für ihn ein Alarmsignal, was zur Folge hatte, dass er mich mit seiner Panik ansteckte und meine Ergüsse noch unverständlicher wurden.

»Sie können sich nicht vorstellen, wie sehr ich davon geträumt habe, nach Ferney zu kommen. Dorthin zu gelangen war für mich immer, als würde ich die Grenze zwischen meinem vergangenen und meinem zukünftigen Leben überschreiten. Was könnte ich Voltaire wohl mitbringen? Ich habe an eine Uhr gedacht.«

»Alles, aber bloß keine Uhr. Halten Sie Ihre Ohren offen, gehen Sie ins Theater, schnappen Sie auf, was die Leute um Sie herum erzählen, und das sagen Sie ihm dann, so präzise wie möglich. Man hat Voltaire schon alles geschenkt, aber ihn interessieren nur die Dinge, die aus Worten gemacht sind.«

Der Brief hat Voltaire nie erreicht – Beccaria hatte in letzter Sekunde die Richtung geändert und war nach Mailand gefahren. Schuld daran war eine kranke Frau, die er auf der Straße gesehen und die ihn so bewegt hatte, dass er sich seine eigene Frau in Not und Elend vorstellte und so schnell er konnte nach Hause eilte. Wie zu erwarten, erfreute sich Madame Beccaria bester Gesundheit, aber von diesem Zeitpunkt an verzichtete ihr Mann auf jede weitere Reise. Aus dem Fahrwasser seiner eigenen Berühmtheit heraus, hat er bis zum Ende seines Lebens unterrichtet. Wenn er sich auf der Straße mit den Verri-Brüdern traf, gingen sie grußlos aneinander vorbei, und egal, wem diese einen ausgaben, wurden sie nicht müde zu behaupten: »Soll ich Ihnen einen Rat geben? Reißen Sie bloß nie jemanden aus seiner Langeweile und seiner Passivität!«

So wurde mein Brief in der Reisetasche vergessen. Beccaria fand ihn Jahre später wieder und schickte ihn schuldbewusst nach Ferney. Er fiel mir in die Hände, als Voltaire schon tot war und ich meine Zeit damit verbrachte, das Archiv zu ordnen. Ich hatte den Brief mit einer meiner experimentellen Tinten verfasst, und in den siebzehn Jahren, die seitdem verstrichen waren, hatte sich nicht ein Wort erhalten. Lediglich ein paar Striche waren an den Stellen geblieben, wo die Feder sich tiefer in das Papier gedrückt hatte. Sie erinnerten an Vogelspuren im Sand.

Siccards Haus

Die Siccards waren eine Familie von Papierfabrikanten, die mit den Jahren ihren Handel auf Federn und Tinte ausgeweitet hatten. Sie unterhielten eine eigene Gänsezucht, eine belgische Rasse mit blaugrauem Gefieder, das auf Glassplittern im Eisenofen gehärtet wurde. Der Gründer des Familienunternehmens, Jean Siccard, war vor zwei Jahren gestorben, und der Betrieb, schlecht geführt von seinem Sohn, hatte einmal kurz vor dem Aus gestanden. In den vergangenen Monaten hatte der junge Siccard jedoch zu seinem Kurs zurückgefunden, und der Laden bot jedem Kunden, kaum hatte er die Schwelle überschritten, sortiert in Schubladen die unterschiedlichsten Federn, Kartons mit marmoriertem Papier, Rechnungshefte, Blätter mit handgemalten Pentagrammen und Pergament für die Kartographen.

Als ich in dem Gebäude ankam, bereitete ein Angestellter den Versand eines Kartons mit Papier für die Gerichte vor. Ich zeigte ihm das Schreiben, das mir Abt Mazy hatte zukommen lassen, worauf der Bedienstete mich alarmiert ansah, vermutlich wegen der anderen Leute im Geschäft, und mich, mehr darum bemüht, mich zu verstecken als mir vernünftig den Weg zu weisen, in den hintersten Winkel des Geschäfts schickte. Er beachtete weder den Inhalt des Schreibens noch welche Kunstfertigkeit der Abt an den Tag gelegt hatte, um mich im Haus Siccard unterzubringen. Ich durchquerte den Raum, betrat einen Flur, kam an einem Angestellten vorbei, der eine breiige Papiermasse durchwalkte, und stieß hinter einer mit arabischen Schriftzeichen geschmückten spanischen Wand auf eine Treppe.

Just in diesem Moment kam mir ein junger Mann in einem tintenverschmierten Hemd entgegen, auf dem sich einige Wörter spiegelverkehrt so perfekt abzeichneten, als hätte er den Stoff als Löschpapier benutzt. Hastig las er den Brief.

»Ich bin Aristide Siccard, der Sohn von Jean Siccard und verantwortlich für die Kursänderung unseres Familienunternehmens. Sie hätten zu keinem besseren Zeitpunkt kommen können. Einer unserer Kalligraphen ist krank, und der andere schon seit einer Stunde überfällig. Der Bote kann aber nicht mehr länger warten.«

Er führte mich in ein kleines Zimmer. Auf einem Diwan lag eine nur spärlich mit einem Laken bedeckte Frau. Mit unserem Eintreten wurde sie wach, sah mich an und fragte, ob es mich störe, wenn sie weiterschliefe, während ich arbeitete. Sie versicherte mir, sie könne das auch im Stehen tun. Die Frau war von der unbekümmerten Schönheit jener Menschen, die nie auf den Grund eines Spiegels geschaut hatten. Ich wusste nicht, was ich antworten sollte, weil sie das Tuch hatte fallen lassen. Selten zuvor hatte ich eine nackte Frau gesehen, und meine größte Erfahrung in dieser Hinsicht basierte auf einem Buch mit dem Titel *Aphrodites Girlande,* das in den Schlafzimmern der Schule de Vidors die Runde gemacht hatte.

Siccard brachte mir die Tinte, mit der dort gearbeitet wurde (zähflüssiger als gewöhnliche Tinte, damit sie auf der Haut nicht zerlief). Aristide begann, mir den Text der Nachricht vorzulesen, während ich versuchte, das Zittern meiner Hand zu kontrollieren. Ein Kalligraph braucht Routine im Leben; geschieht Außergewöhnliches, fängt ihm die Hand an zu zittern, und er verliert seine Fähigkeit. Aus diesem Grund vergisst uns die Geschichte nur zu gern, die ansonsten doch die Namen der unterschiedlichsten Künstler sammelt. Unsere Kunst besteht aus nichts anderem als dem langen, mühevollen Warten auf das, was uns auslöscht und negiert.

Auf Siccards Wunsch hin setzte ich am oberen Teil des Rückens an. Die Frau hieß Mathilde, und der Name war das Erste, das ich zu vergessen suchte. Sie hatte sich das Haar hochgebunden, das schwarz und ausufernd war wie ein Tintenklecks, doch es löste sich ständig, fiel den Rücken hinab und drohte meine Buchstaben zu verwischen. Ich versuchte, an andere Dinge zu denken, mich auf die Buchstaben zu konzentrieren, aber die Nüchternheit der Worte – Verwaltungsrichtlinien, Investitionsinformationen auf Holländisch – stand in einem solchen Kontrast zum Akt des Schreibens, dass sich hinter all den sachlichen Ausdrücken ein obszöner Sinn zu verbergen schien. Ich wünschte mir, das Licht, das diesen Körper umspülte, könnte auch meine Gedanken überblenden. Ich betrachtete Mathilde, als wäre sie lediglich ein Gegenstand, eine Oberfläche, weiter nichts, und während ich ein »t« zeichnete, gelang mir dieser Selbstbetrug auch, aber bei den Kurven eines großen »R« zitterte ich erneut.

Doch ich wollte nicht aufgeben und probierte es mit

der Rückbesinnung auf anatomische Abhandlungen, die mich zu meiner Studienzeit so gefesselt hatten. Unter der unzweifelhaft schönen Hülle versuchte ich, mir den abstoßenden Organismus aus Muskelgewebe und Knochen vorzustellen. Doch die Schönheit triumphierte über jedes meiner Ablenkungsmanöver.

Ich hörte aus Aristides Stimme eine gewisse Besorgnis über die kaum leserlichen Striche, und in einem letzten Versuch redete ich mir ein, meine Hand wäre die Silas Darels, die keine Ablenkung kannte. Dieser Gedanke erlaubte mir endlich, Körperpartien einer Frau zu beschriften, die ich bis dahin noch nie gesehen hatte. Ich hatte das Gefühl, dass nicht meine Finger die Feder führten, sondern dass die Worte meine Hand geduldig von Buchstabe zu Buchstabe lenkten. Die ganze Zeit über war mir meine Schrift fremd vorgekommen, in der Unterschrift aber, wo ein mir unbekannter Namen figurierte, hatte ich schließlich doch die Strenge und die Sorgfalt meiner eigenen Züge wiedererkannt.

Vielleicht bauscht mein Gedächtnis meine Unbeholfenheit unnötig auf, doch bevor Mathilde mich des Raumes verwiesen hatte, um sich in Ruhe anzuziehen, betrachtete sie sich anerkennend in dem großen Spiegel und sagte: »Solange ich nicht beschrieben bin, fühle ich mich nicht wirklich nackt.«

Nachdem ich die Arbeit abgeschlossen hatte, war mein Nervenkostüm in so schlechtem Zustand, dass ich ziellos durch die Gegend lief, bis ich mich in irgendeinen Vorort der Stadt verirrt hatte. Ich wollte schon umkehren, als ich ganz in der Nähe eine schwarze Rauchsäule spiralförmig aufsteigen sah. Zunächst glaubte ich, es handele sich um einen normalen Brand, doch das war es nicht, es war eine gerichtlich angeordnete Verbrennung: Bücher und Papiere standen in Flammen, und eine Menschentraube sah dem Rauch aufmerksam nach, als könnten sie aus den Kringeln und Fetzen etwas herauslesen, das mir entging. An der Wand prangte eine offizielle Erklärung mit der Liste der zu verbrennenden Werke, unter denen auch ein Voltaire zugeschriebenes Pamphlet auftauchte, in dem er sich über eine jüngst verfasste päpstliche Bulle lustig machte. Über den Vollstrecker, denjenigen, der die Bücher angesteckt hatte, schwieg die Erklärung sich aus, doch unter die Liste war eine mechanische Hand gemalt.

Von Kneppers Spuren

Die Uhrmacher von Paris waren nicht leicht zu finden, denn sie hatten ihren Sitz nicht alle in einer bestimmten Straße. Als wäre die Stadt ein gigantisches Zifferblatt und sie die einzelnen Rädchen, waren sie kreuz und quer verteilt. Um ihre Geschäfte herum hatte sich eine Korona von Gewerbetreibenden gebildet, die sich allesamt mit der Zeit befassten: Verkäufer von Almanachen, Wahrsager, die die Zukunft voraussahen, Astronomen, die damit beschäftigt waren, die Früchte ihrer himmlischen Beobachtungen in die Kalender einzubringen.

Ich fragte unter den Uhrmachern nach von Knepper, dessen Name in dem Brief an den Bischof erwähnt wurde. Angeblich kannte ihn niemand, doch die verneinenden Antworten kamen so rigoros, dass der bloße Gedanke an seine mögliche Existenz sie in Angst und Schrecken zu versetzen schien. Einen nach dem anderen fragte ich nach ihm und immer mit dem gleichen Ergebnis. Ich erntete Schweigen oder Kopfschütteln, bis einer der Uhrmacher heimlich auf eine Frau zeigte, die auf einer Steinbank ein paar aufgeschlagene Bücher feilbot.

»Madame Buzot kennt die Geschichte von jedem Räderwerk. Vielleicht kann sie Ihnen weiterhelfen.«

Ich sah zu der Frau hinüber, die sich ein schwarzes Tuch um die Schultern gelegt hatte, unter dem nur ihre Hände und ihr von unzähligen Narben übersätes Gesicht hervorschauten. Ich fragte den Uhrmacher nach den Einschnitten, die ein so präzises Muster in die Haut zeichneten, dass man kaum den Zufall oder ein Unglück dafür verantwortlich machen konnte.

»Madame Buzot war die einzige Uhrmacherin Europas. Sie war die Nachfolgerin des alten van Hals, von Amts wegen zuständig für alle Turmuhren Straßburgs. Van Hals hatte einen Mechanismus erfunden, mit dem am 31. Dezember 1750 beide Zeiger auf der Zwölf stehen blieben. Als Madame Buzot geschickt wurde, um sie zu reparieren, stieß van Hals, der sich bis dahin versteckt gehalten hatte, sie in das Innere des Gehäuses. Sie kam mit dem Leben davon, weil das Laufwerk sich verklemmte. Aber während sie so zwischen den Zahnrädern gefangen war, standen alle Uhren Straßburgs still. Erst als man sie befreite, ging die Zeit weiter.«

Ich ging zu der Frau hinüber. Die Seiten der Bücher zeigten minutiöse Zeichnungen winziger Zahnräder, Federn und Spiralen. Mir gelang es nur mit Mühe, den Blick von den Narben abzuwenden. Ich begrüßte sie, sagte irgendetwas zu den Büchern und erwähnte schließlich auch von Knepper.

»Er wird in keinem Buch erwähnt«, sagte Madame Buzot.

»Ich suche nicht nach einem Buch. Ich will von Knepper persönlich treffen.«

»Wenn Ihnen klar wäre, worüber Sie gerade reden, würden Sie es ein bisschen leiser tun. Die Automatenhersteller sind in Ungnade gefallen; es geht sogar das Gerücht, dass es sie nie gegeben hat«, flüsterte die Frau mir ins Ohr. Die Arbeit mit den Uhren hatte ihrer Stimme einen gleichförmigen Rhythmus gegeben, gerade so, als würde jede Silbe tatsächlich einer Zeiteinheit entsprechen.

»Von Knepper war ein Schüler von Jacobo Fabres. Er hat bis zu dessen Tod mit ihm gearbeitet. Er hat ihm beigebracht, wie man mechanische Gänse und Flötisten herstellt, aber von Knepper wollte unbedingt einen Schreiber bauen, definitiv der schwierigste Automat für die Fabrikanten. Niemand weiß, ob es ihm gelungen ist.«

»Wo kann ich ihn finden?«

»Ich habe gehört, dass es in einer dunklen Gasse, gar nicht weit von hier, einen Künstler geben soll, der solche Automaten zu reparieren versteht und die exakten Bewegungen jeder Kreatur wiederherstellt. Wenn Sie mir etwas abkaufen, sage ich Ihnen vielleicht den Namen der Straße.«

Ich fragte sie nach den Preisen, die allesamt horrend waren, zumal mich keins der Bücher wirklich interessierte. Bis Madame Buzot aus einer Stofftasche schließlich ein kleines Buch herausholte, auf dem eine Uhr abgebildet war und für das sie mir einen einigermaßen fairen Preis machte.

Als ich zahlte, beugte die Uhrmacherin sich erneut zu mir herüber und flüsterte mir den Namen der Straße ins Ohr. Ich blätterte derweil das Büchlein durch: Auf jeder Seite war die Zeichnung einer Uhr abgebildet, und ließ man die Seiten schnell über den Daumen gleiten, hatte man den Eindruck, dass die Zeiger sich bewegten.

Um mich herum waren alle verschwunden. Die Uhrmacher hatten den Platz verlassen, als ob sie in dem fernen Läuten der Glocken ein Alarmsignal erkannt hätten.

Mit dem kleinen Buch in der Tasche und dem Namen der Straße im Kopf ging ich, wie an jeden ungeraden Nachmittagen, zum Haus Siccard. In dem Maße, in dem sich meine Geschicklichkeit erhöhte, versuchte ich auch den Moment hinauszuschieben, in dem mich meine beiläufige Spionagetätigkeit zwingen würde, die Arbeit aufzugeben. Der Puls raste mir schon nicht mehr, und ich hatte meine Kursivschrift leicht verändern und sie so den Unebenheiten der Haut anpassen können. Die Botinnen, es waren vier, unterhielten sich gern ein wenig, während sie auf die Fertigstellung der Nachricht warteten. Außerdem sprachen sie gern über ihre Reisen, die sie manchmal so weit von der Stadt wegführten, dass sie wochenlang nicht wiederkamen. Zuerst hatte ich auf ihre Berichte einsilbig geantwortet, eifrig bemüht zu vergessen, dass es eine Frau war, die sich unter meiner Feder regte. Aber dann machte ich sie mit meinen Kenntnissen über die Geschichte der Kalligraphie doch neugierig, unterhielt sie, bis ich sie am Ende damit langweilte. Manchmal glaube ich, diese Arbeiten waren meine besten, diese Buchstaben, die sich zwischen den Laken, mit Wasser und Seife behandelt oder bei einem plötzlichen Regenschauer verloren.

Mathilde, die erste Botin, die mich berührt hatte, war die Einzige, die meine Schreibkunst nach wie vor gefährdete. Ich beneidete all die jungen Männer, zu denen sie geschickt wurde, die ihr dabei zusahen, wie sie sich auszog, und die zu später Stunde vor dem Kamin die Nachricht lasen. Gewiss verbrachte ich viel mehr Zeit mit ihr als jene Herren, aber die Tatsache, dass ich nicht der Empfänger der Botschaft war, entfernte sie von mir.

Dussel, ein Kalligraph aus Leipzig, war von Mathilde noch besessener als ich. Er hatte aus der Stadt fliehen müssen, weil man ihn dort wegen der Zerstörung einer Buchdruckerei suchte. Dussel hatte den »Hämmern Gottes« angehört, einer Sekte, sie überfielen Druckereien, weil sie der Meinung waren, dass die Maschinen die Begegnung des Menschen mit der wahren Sprache – der Sprache vor dem Turmbau zu Babel – für immer vereitelten. Sie sahen in dem gedruckten Buchstaben den wahren Turm widerspiegelt, und anhand von Berechnungen, die völlig unverständlich für alle waren, die nicht zu ihnen gehörten, kamen sie auf eine Reihe Ähnlichkeiten zwischen dem für den Buchdruck benutzten Blei und den Elementen, aus denen der Bibel zufolge der Turm gebaut worden war.

Mathildes Nacktheit beunruhigte Dussel mehr als mich, weil er ein reiner und unbefleckter Mann sein wollte, während mich die Reinheit ziemlich kalt ließ. Mathilde amüsierte ihre Macht, und immer wieder versuchte sie, ihn abzulenken und ihn so zu einem Ausrutscher bei seiner ansonsten gestochen scharfen Schrift zu bewegen. Doch obwohl er so angespannt bei der Sache war (und nach der Arbeit nicht selten ohnmächtig wurde), machte Dussel nie einen Fehler.

Er vermied es, die geheimsten Stellen dieser Frau zu beschreiben, indem er die Buchstaben so eng aneinander zwängte, dass er mit seiner Nachricht fertig war, bevor seine Arbeit einen inakzeptablen Grad an Unanständigkeit erreicht haben konnte. Mathilde ihrerseits drehte sich kaum merklich mal nach rechts, mal nach links, um den Kalligraphen dazu zu bringen, mehr Platz in Anspruch nehmen zu müssen, aber dem Schreiber gelang es dennoch, die selbst gesetzten Grenzen nicht zu überschreiten. Aus dem Nachbarzimmer hörte ich, wie Mathilde ihn für eine weitaus größere Herausforderung gewinnen wollte: Dussel sollte das Neue Testament auf ihren Körper schreiben. Es war das einzige Buch, das es in den Arbeitsräumen gab, vom jungen Siccard für die Botinnen extra dort deponiert, damit sie bei der Arbeit etwas Sinnvolles zu lesen hatten.

Aristide Siccard vertraute Dussel und zahlte ihm doppelt so viel wie mir, obwohl er nicht besser war als ich. Siccard glaubte, Dussels Elend sei Besonnenheit, seine Besessenheit Verantwortungsbewusstsein und seine Bitternis eine Tugend.

Das Schweigen des Bischofs

Ich hatte genug gearbeitet, um Abt Mazy aufsuchen und ihm gegen echtes Geld ein paar falsche Informationen liefern zu können. In keiner der Nachrichten, die ich übertragen hatte, war vom Bischof die Rede gewesen, auf dem Weg zum Abt aber erfand ich Sätze, die irgendwelche fremden Männer über die Botinnen oder in der Anonymität der Nacht hätten ausgetauscht haben können. Ich durchquerte Säle, stieg die Treppe ins Untergeschoss hinab, erklomm einen feuchten Turm und folgte damit geduldig den Hinweisen der Mönche, die gesehen haben wollten wie der Abt kurz zuvor jene Säle durchquert hatte, in das Untergeschoss hinabgestiegen war und den Turm erklommen hatte. Nach stundenlanger Suche gelangte ich schließlich erschöpft in eine Galerie. Die weiße Soutane hinter sich her schleppend kam Mazy auf mich zu.

Der Abt sah mich an, als stünde ich zum ersten Mal vor ihm. Ich nahm an, dass er seine Spione überall sitzen hatte und es ihn große Mühe kostete, sich alle Namen und Gesichter zu merken. Ich berichtete dem Abt, dass, egal wo man hinhörte, von der Entführung des Bischofs, wenn nicht gar von seinem Tod die Rede sei und dass diese Gerüchte sich hartnäckig hielten.

»Gibt es dafür irgendwelche Beweise oder Zeugen?«

»Leider nein, Monsignore.«

»Ammenmärchen und Gerüchte sind ein Frevel, den die Kirche noch immer nicht nachhaltig genug bestraft«, sagte der Abt. »Kommen Sie mit mir, und ich beweise Ihnen, dass der Bischof lebt.«

Wir gingen bis zum Ende der Galerie. Durch die geöffneten Fenster drangen die Blätter der Bäume und der Regen hinein. Unten sah man auf einen geometrisch angelegten Garten, in dem es auch einige tiefe, von Pflanzen und Sträuchern umrahmte und in schwarzen Stein eingelassene Teiche gab. Ich fragte den Abt, ob sie Fische züchteten.

»In dem Wasser leben ein paar Meeresarten, die wir für die Produktion der Tinte benötigen und später ins Ausland verkaufen. Darel hat uns bei dieser Unternehmung geholfen. Auch unsere Pflanzen sind nach kalligraphischen Gesichtspunkten ausgewählt worden. Wir lassen keinen Fremden in den Garten, denn es wimmelt dort nur so von Dornen und giftigen Sekreten. Alles, was für uns Werkzeug zum Schreiben ist, ist zugleich Werkzeug zum Töten.«

Wir gelangten an eine Seitentür. Sie wurde von einem Hünen von Mann bewacht, an dessen grüner Uniform hunderte von Schlüsseln hingen. Als er uns sah, senkte er zum Zeichen seines Respekts vor dem Abt ehrerbietig den Kopf und machte einen Schritt zur Seite. Diese Bewegung reichte schon, die Schlüssel zum Klingen zu bringen, als hätte ein Glöckner zur Messe geläutet.

»Signac verwahrt sämtliche Schlüssel des Schlosses. Wir haben versucht, ihn davon zu überzeugen, sie doch besser irgendwo zu hinterlegen, aber er trägt sie immer bei sich. Niemandem vertraue ich mehr als dem guten Signac. Er ist immer da, wo man ihn braucht, um eine Tür zu öffnen oder sie für alle Ewigkeit zu schließen.«

Der Wächter zog aus der Innenseite seiner Jacke einen Schlüssel hervor, an dem ein rotes Band hing, steckte ihn ins Schloss und drehte ihn herum.

»Der Bischof war sehr krank«, erklärte mir der Abt. »Als wir schon glaubten, dass er sterben würde, hatte er eine Erleuchtung: Wenn er ein Schweigegelübde einhielte, würde er gerettet, und in dem Moment, wo die Kirche seine Stimme am meisten gebraucht hätte, verzichtete er darauf, sie zu erheben. Seitdem reagiert er auf alles nur noch schriftlich.«

»Und wie lange soll sein Schweigen andauern?«

»Bis zu seinem endgültigen Verstummen.«

Der Abt öffnete die Tür, und wir standen vor einem Raum aus weißem Marmor. Ich verharrte auf der Schwelle und konnte mich nicht dazu überwinden, auf den Mann zuzugehen, der dort hinter dem Schreibtisch saß, über ein Blatt Papier gebeugt war und die Feder mit einer Anstrengung hielt, als wäre sie unerträglich schwer. Ich konnte sein Gesicht nicht sehen. Der Marmor umgab ihn wie ein vorzeitiges Grab. Die Kälte und selbst das Weiß waren trotz des Halbdunkels so intensiv, dass der Raum an eine dem Eis entrissene Grotte erinnerte.

Der Abt zog die grauen Vorhänge zur Seite. Das Licht drang durch die Wolken und die mit sakralen Ornamenten verzierten Fensterscheiben und warf seine Strahlen auf das Papier. Der Bischof tauchte seine Feder in das Tintenfass und schrieb ein paar Buchstaben nieder, die ohne jeden Schnörkel auskommen mussten. Dieser Prozess vollzog sich derart langsam, dass es den Anschein hatte, seine Bewegung sei nichts weiter als eine Abfolge von Reglosigkeit.

Bis auf die bedächtige Hand des Bischofs rührte sich für einige Sekunden nichts in dem Raum.

Der Abt fragte mich, ob ich nun glauben würde, dass der Bischof lebte, und in dem Augenblick begriff ich, dass er mich einer Art Test unterzog und dass Mazy andere Augen brauchte, die sahen, was er sah. Der Bischof schien ein lebender Toter zu sein, aber es war offensichtlich, dass er sich bewegte, und noch offensichtlicher war, dass Mazy über eine verneinende Antwort nicht sehr erbaut gewesen wäre. Also erwiderte ich, ohne zu wissen, ob ich log oder die Wahrheit sagte: »Der Bischof lebt.«

Noch immer konnte ich das Gesicht des Geistlichen nicht sehen, so tief war er über das Blatt gebeugt. Es hat etwas Rätselhaftes, jemanden beim Schreiben zu beobachten, denn wer schreibt, spricht von Dingen, die nicht da sind. Mit einer Geste bedeutete mir der Abt, dass ich gehen sollte, und wie sich am Ende einer Vorstellung der Vorhang schließt, zog auch er die Vorhänge wieder zu. Den Bischof schien all das nicht zu interessieren. Gleichgültig gegenüber der Dunkelheit und der Vorführung setzte er seine Arbeit fort.

Kolms Stock

Nach Verlassen des Schlosses von Arnim machte ich mich auf den Weg zu den Gerichten, um nach Kolm zu fragen. Generell gab man dort aus Furcht, jemand wollte sich an den Henkern rächen, keinerlei Informationen über sie heraus. Doch ich blieb hartnäckig, und schließlich erlaubte man mir, eine Nachricht für ihn in einem Korb zu hinterlassen. Das Blatt, auf dem ich geschrieben und ihm ein Treffen für den kommenden Tag vorgeschlagen hatte, vermischte sich mit den anderen Mitteilungen, die den Korbboden bedeckten und so aussahen, als wären sie vor langer Zeit dort hineingelegt worden und hätten auf einen Empfänger gewartet, der nie gekommen war. Von oben warf jemand ein Seil mit einem Haken am Ende herunter, der kurz darauf in den Griff des Korbes schnappte. Die Briefchen stiegen in die Luft, bis sie sich in einem der obersten Fenster verloren.

Am nächsten Tag wartete ich gegenüber dem Gerichtsgebäude auf Kolm. Genau wie beim ersten Mal spürte ich plötzlich wieder die Hände um meinen Hals und fand meine Beine in der Luft zappelnd. Während ich um Atem rang und mir diese Art von Humor verbat, erzählte mir Kolm, dass einer der Bekannten des Gehängten ihn mit einer Anzeige verfolgte. Zwar hatte die Justiz Besseres zu tun, als sich um einen einen Schauspieler zu kümmern, der in seiner Rolle wohl etwas zu weit gegangen ist, trotzdem hatte der Henker zur Vorsicht beschlossen, Toulouse zu verlassen.

Den Stock mit der eisernen Hand führte er noch immer am Gürtel mit sich. Ich fragte ihn, ob sie nach wie vor nicht richtig funktionierte.

»Ich ruiniere alles, was ich anfasse.«

»Ich habe von einem Ort gehört, wo man sie reparieren könnte.«

»Ich habe mich inzwischen daran gewöhnt.«

Ich ließ nicht locker; ich hatte keine Lust, allein nach von Knepper zu suchen.

Wir passierten eine Kirche und liefen durch eine menschenleere Gasse, bis wir an einer grünen Tür ankamen. Darüber stand der Name des Hausbesitzers geschrieben: Laghi. Durch eines der Fenster konnte man eine Tischuhr erkennen; sie stand auf einer Holztruhe und stellte den römischen Gott Vulcanus dar, der seinen Hammer auf den Amboss schlug. Ich zog an der Klingelschnur, ohne dass sich drinnen etwas rührte. Der ungeduldige Kolm rüttelte kräftig an der Tür.

Schließlich öffnete uns eine Hausangestellte und teilte uns mit, dass es schon spät sei und wir morgen wiederkommen sollten. Darauf zeigte ihr Kolm seine eiserne Hand, als wäre sie das Symbol einer übergeordneten Autorität. In diesem Haus waren die mechanischen Kunstgegenstände von herausragender Bedeutung; setzte man sie gezielt ein, kamen sie geradezu einer vom König selbst unterzeichneten Anordnung gleich, und so ließ das Mädchen uns eintreten. Sie führte uns in einen eiskalten Raum, in dem lediglich ein Stuhl stand. Müde und niedergeschlagen nahm Kolm sofort Platz und ließ mich ohne Sitzgelegenheit nervös im Raum auf- und abschreiten. Da es dauerte, bis sich jemand um unsere Belange kümmerte, sah ich mich im Nachbarzimmer um.

An der Wand stand ein Regal, das mit Dutzenden von breiten Kisten voll gestopft war, ähnlich dem Archivschrank im Haus Siccard. Ich nahm die oberste heraus und öffnete sie mit einiger Mühe. Sie enthielt eine Vielzahl von Uhrwerken und sonstigen Mechanismen. Zumeist waren sie aus Metall, das eine oder andere aus Glas gefertigte war allerdings auch dazwischen. Ich war mir sicher, dass man sie teilweise wie zu einem Gebet zusammensetzen konnte, aber so sehr ich sie auch betrachtete und in der Hand wog, wollte es mir nicht gelingen, hinter die Grammatik zu kommen, die den Einzelteilen zu Grunde lag und sie miteinander verband. Doch wie einem Archäologen manchmal ein verständliches Wort reicht, um eine untergegangene Sprache in all ihrer Komplexität erfassen zu können, entdeckte ich im dritten

Karton einen Gegenstand, der es mir erlaubte zu begreifen, wozu all diese Einzelteile dienten. Es handelte sich um ein Glasauge, das von einem Kranz aus fünfundsiebzig leeren Fächern eingefasst war.

Aus dem Nachbarzimmer hörte ich Schritte und das Geklimper von Schlüsseln. Ich dachte, es wäre der Hausbesitzer, Monsieur Laghi, der sich nun endlich bequemte, uns zu empfangen, aber es waren zwei Männer, die von draußen hereinkamen. Ich hatte gute Gründe, mich versteckt zu halten, denn einen von ihnen kannte ich. Es war der Wächter mit den Schlüsseln vom Schloss Arnim. Die Hausangestellte starrte voller Panik auf Brust und Arme von Signac. Die Schlüssel klingelten dumpf an seiner Jacke, und das Geläut klang nach einer Macht, die von schweren Eichentüren und rostigen Gittertoren gestützt wurde.

»Monsieur Laghi wird gleich hier sein. Sie können in der Kutsche auf ihn warten«, sagte das Mädchen mit einem Beben in der Stimme.

Als die Männer verschwunden waren, kam ich aus meinem Schlupfwinkel hervor. Das unvermutete Auftauchen des Schlüsselhüters hatte mich zum Zittern gebracht. Kolm hingegen schlief, unberührt von allem, den Schlaf der Gerechten.

»Vergessen wir den Stock. Wir können später ja noch einmal wiederkommen«, sagte ich, denn ich hatte es plötzlich eilig, das Haus zu verlassen.

Jäh aus dem Schlaf gerissen, brauchte Kolm ein paar Sekunden, um zu verstehen. Dennoch gelang es uns nicht, uns davonzustehlen, da der Henker den Besitzer des Hauses schon auf uns zukommen sah.

Er war komplett in Schwarz gekleidet, als ginge er gerade auf eine Beerdigung, und in den Händen trug er eine kleine Truhe. Der Henker versuchte, ihn aufzuhalten, indem er ihm seine eiserne Faust hinhielt. Doch Laghi nahm sie kaum wahr. Kolm, der es gewohnt war, dass andere sich ihm unterordneten, reagierte entsprechend verwirrt auf Laghis Missachtung, dem eine Eile innezuwohnen schien, als bewegte er sich bereits in der Zukunft.

»Was wollen Sie?«, fragte der Hausbesitzer. »Gehören Sie zu denen da?« Er zeigte mit dem Finger auf die geschlossene Tür und damit auf die Abgesandten des Abtes, die auf ihn warteten.

»Mein Stock muss repariert werden.«

Der Künstler betrachtete den Stab mit abschätziger Miene. Zwei- oder dreimal betätigte er den Zug und gab dem Henker das Gerät dann zurück. »Bringen Sie ihn zu einem Uhrmacher. Ich kümmere mich um kompliziertere Angelegenheiten.«

»Aber ich möchte, dass Sie es machen.«

Laghi war einen Moment lang versucht, den Henker stehen zu lassen und die Männer von nebenan zu bitten, mit ihm fertig zu werden, doch er entschied sich dagegen. Nicht aus Feigheit, sondern um den Unannehmlichkeiten, die ihn an diesem Abend ohnehin schon erwarteten, keine weiteren hinzuzufügen. Er riss Kolm den mechanischen Stock aus den Händen und nahm ihn mit sich. Plötzlich ohne sein Hilfsmittel, fing Kolm an zu zittern, als hätte man ihm soeben seine wahre Hand genommen.

Das Haus selbst schien ein Mechanismus zu sein, nach dem verschiedene Personen, einer geheimen Ordnung folgend, ein und aus gingen. Verzweifelt bemüht, dieser Maschinerie irgendwie zu entkommen, fiel mein Blick auf eine junge Frau, die sich am Ende des Flurs in einem Spiegel ansah. Sie war das exakte Abbild der Frau aus Toulouse.

Ich überhörte den Schrei des Hausmädchens und ging auf das Gespenst zu. Mit großen, starren Augen sah die Frau mich an. Ohne zu wissen, welche Art von Sünde sie begangen hatte, küsste ich die eiskalten Lippen des Automaten. Ihre Zähne schnitten sich in mein Fleisch, und ich spürte den metallischen Geschmack des Blutes im Mund. Kolm hatte meinen Schrei gehört und kam mit hoch erhobener Faust in den Raum, senkte sie aber sofort wieder, als er sah, dass es sich bei meinem Gegner lediglich um eine Frau handelte.

»Keine Sorge. Sie ist nicht echt«, sagte ich.

Das Blut lief der Frau die Wangen hinab und nahm ihr die Blässe und den unwirklichen Aspekt.

»Sind Sie sicher, dass ich kein Mensch aus Fleisch und Blut bin?«

Ihre Lippen näherten sich meinen, und ich schloss in Erwartung des nächsten Bisses die Augen, unfähig, mich zu verteidigen. Ihr Mund berührte meinen kaum. Wenn dieses Wesen ein Geschöpf von Kneppers war, dann war von Knepper ein Gott.

»Das ist das zweite Mal, dass wir uns sehen«, sagte ich zu ihr. »Aber bei unserer ersten Begegnung waren Sie noch nicht hier.«

Mit einer Geste bedeutete sie mir zu schweigen, fasste meine Hand und führte mich in einen Raum voll mit ausrangiertem oder kaputtem mechanischem Spielzeug. Einiges davon war außergewöhnlich klein. Die holländischen Puppen etwa, deren Köpfe oder Brust von einer Stahlfeder durchbohrt waren, eine Amsel im goldenen Käfig, ein Soldat, dem ein Arm fehlte. Auch ein Holzpferd sah ich, das sich mithilfe von Wasserdampf bewegte, ein Schloss, um das sich der Mond und die Sonne drehten, eine Medusa aus Bronze, die die Augen öffnen und ihre Tentakeln bewegen konnte.

»Sind Sie von Kneppers Tochter?«

»Sie sollten seinen Namen besser nicht laut aussprechen. Nennen Sie ihn Laghi, so kennt man ihn in Paris.«

Ich fragte sie nach der Frau aus Toulouse.

»War sie schöner als ich? Mein Vater hat sie gemacht, als ich ein Kind war: Sie sollte so aussehen wie ich später. Sie wechselte häufig den Besitzer; jeder einzelne versicherte, dass er sich nie von ihr trennen würde, und dann dauerte es nicht lange, und er hat sie doch wieder verkauft, als ob ein Fluch auf ihr lastete. Vor drei Jahren hat mein Vater ihre Spur verloren. Sie sollte mir ähnlich sein, sie war nach meinem Vorbild gebaut, aber ich verblühe schon unmerklich, und irgendwann werde ich alt sein. Sie hingegen bleibt immer so, wie sie ist.«

»Wenn Sie mit ihr konkurrieren, kann ich Ihnen versichern, dass Sie gewonnen haben. Es ist nichts mehr übrig von ihr. Sie hatte unter der Zunge eine versteckte Bombe, und die ist explodiert.«

»Was für Tränen muss man eigentlich toten Automaten nachweinen? Wenn mein Vater davon erfährt, wird er sicherlich echte vergießen. Er hat sie mir immer vorgezogen. Er fand sie menschlicher.«

»Ich würde einen kalten Maschinenmenschen nie mit einer Frau verwechseln.«

»Ach nein? Dabei wissen Sie noch immer nicht, wer ich bin.«

Sie führte ihre Hand an mein Gesicht, als wäre sie diejenige, die Zweifel über meine wahre Natur hatte. »Lassen Sie niemanden wissen, dass Sie sie gesehen haben. Es gab noch nie und es gibt auch weiterhin keine Maschinenmenschen in Frankreich.«

»Darüber würde ich gern mit Ihrem Vater sprechen.«

»Er wird Sie nicht empfangen. Mein Vater befindet sich in großer Gefahr. Mich hält er zur Sicherheit wie eine Gefangene. Er hat mir verboten, das Haus zu verlassen.«

»Dann bin ich eben gekommen, um Sie zu befreien.«

Wenn sie zustimmen würde, was sollte ich dann mit ihr machen? Wenn sie zu allem Ja und Amen sagen würde, wohin könnte ich sie dann bringen? Ich hatte Glück: Sie lehnte ab.

»Die Welt da draußen ist genauso ein Gefängnis. Hier drinnen regnet es wenigstens nicht, und es ist warm.«

Ich sah mir die Puppen und Automaten an, die um uns herumstanden. Alle waren kaputt, nichts funktionierte, und als auch wir bald nicht mehr wussten, was wir sagen oder wie wir uns bewegen sollten, hätte man glauben können, dass wir uns bei ihnen angesteckt hatten.

Ich schrieb die jüngsten Vorkommnisse und meine Interpretation dazu nieder und bat meinen Onkel, sie nach Ferney bringen zu lassen. Außerdem bat ich in meinem Brief auch um etwas Geld und weitere Anordnungen: Ich musste wissen, ob meine Worte überhaupt Gehör fanden und ob es irgendwo in der Ferne einen klaren Geist gab, der meine bruchstückhaften Informationen zusammensetzte und meine Schritte lenkte. In den Pariser Buchhandlungen fand man häufig lose Blätter, die zumeist in Koffern aufbewahrt wurden, weil die Buchhändler hofften, irgendwann einmal auch das entsprechende Werk dazu zu finden. In jüngster Zeit war es allerdings auch in Mode gekommen, all die verlorenen Seiten zu binden, um am Ende ein Buch in den Händen zu halten, in dem Blatt für Blatt die unterschiedlichsten Themen bunt durcheinander gewürfelt behandelt wurden. Ähnlich durcheinander fühlte auch ich mich, während ich eine Seite nach der anderen durchsah und inständig hoffte, dass im Salon auf Schloss Ferney der große Leser neben einem Fenster sitzen und diesen Wirrwarr verstehen würde.

Zuweilen kamen mir Gerüchte zu Ohren, Voltaire sei in der Stadt, oder gar solche, nach denen er verstorben war, und ich fragte mich, ob ich hier nicht eine Mission erfüllte, die sich im Grunde erledigt hatte, und auf Geld wartete, das es gar nicht mehr gab.

An den Nachmittagen lungerte ich in der Nähe von Laghis Haus herum, um eventuell einen Blick auf Clarissa erhaschen zu können. Ich hatte mir vorgenommen, sie ein weiteres Mal aufzusuchen, sobald ihr Vater sie einmal allein ließ. Aber als ich von Knepper eines Tages mit der kleinen Truhe in seinen Händen eilig das Haus verlassen sah, da siegte meine Neugier, und ich beschloss, ihm zu folgen.

Ohne nach rechts oder links zu sehen oder sich auch nur einmal umzudrehen, marschierte von Knepper in einem solchen Tempo davon, dass ich fast in Laufschritt verfallen musste, um mithalten zu können. Wir überquerten den Fluss und einen Marktplatz, auf dem ich ihn um ein Haar zwischen den Verkaufsständen und Händlern, die sich auf den Heimweg machten, um am nächsten Tag wiederzukommen, verloren hätte. An einem Gittertor machte er Halt, und wenn ich im letzten Moment nicht zurückgewichen wäre, hätte er mich sehen können. Wir waren am Friedhof. Der Wächter hatte ihn offensichtlich erwartet, denn ohne dass von Knepper etwas sagen musste, öffnete der ihm das Tor. Ich sah von Knepper nach, wie er an den Bäumen und Gräbern vorbeischritt, bis die Schatten ihn vollends geschluckt hatten.

Nun konnte ich zwischen Friedhof und seinem Haus wählen, und ich entschied mich für das Haus. Das Hausmädchen wollte mich nicht hereinlassen, ich aber rief Clarissas Namen, und aus irgendeinem verborgenen Winkel kam sie, um mich zu retten. Wieder führte sie mich in das Zimmer mit dem kaputten Spielzeug und den mechanischen Gegenständen, in dem sich nun auch Kolms Stock fand.

»Ich habe Ihren Vater auf dem Friedhof getroffen. Hat er das Grab Ihrer Mutter besucht?«

»Meine Mutter ist in einer anderen Stadt gestorben,

und mein Vater hat sie kein einziges Mal an ihrem Grab besucht.«

»Was wollte er dann um diese Zeit auf dem Friedhof?«

»Ich weiß es nicht. Warum sind Sie ihm nicht gefolgt, wenn Sie sich so für ihn interessieren?«

»Ich habe es vorgezogen, hierher zu kommen.«

»Dann reden Sie nicht über den Friedhof. Ihre Schuhe sind ja schon ganz schmutzig. Je länger Sie darüber sprechen, desto mehr Erde klebt an ihnen.«

Clarissa bot mir einen Stuhl an, bei dem ein Bein wackelte, was ich jedoch erst bemerkte, nachdem ich fast umgefallen wäre. Sie selbst setzte sich auf eine Truhe. Es war relativ dunkel, und mir schien, als hörte ich das Sirren winziger Maschinchen aus den Ecken des Raumes.

»Es ist schon lange her, seit ich das letzte Mal mit jemandem geredet habe. Mein Vater ist nicht besonders gesprächig.«

»Man sagt, er sei der bedeutendste Automatenhersteller von ganz Europa.«

»Er hat einen Tiger und eine Tänzerin gebaut und damit den Hof von Portugal und Russland erobert. Manchmal habe ich gedacht, so viel, wie er sich zwischen Maschinen bewegt hat, hätte er den geheimen Mechanismus entdeckt, nach dem diese Welt funktioniert, und bekommt alles, was er will. Dann aber verlor man das Interesse an den Automaten, und heute treibt meinen Vater nicht mehr die Kunst voran, sondern nur noch Gier und Angst.«

»Wovor fürchtet sich Ihr Vater denn?«

»Er hat Angst vor dem Abt Mazy und seinem Kalligraphen, der an einem unendlichen Buch schreibt, und als Tinte dient ihm das Blut seiner Feinde.«

Während wir sprachen, wurde es immer dunkler in dem Zimmer, und wir waren förmlich gezwungen, näher zusammenzurücken. Mit einer kaum wahrnehmbaren und feigen Bewegung, bei der eine bewusst kalkulierte Berührung wie ein zufälliges Streifen wirkt, versuchte ich, sie zu umarmen. Clarissa zeigte nicht die geringste Regung, weder Zustimmung noch Ablehnung, und ich überlegte, ob meine Berührung vielleicht so flüchtig gewesen war, dass sie sie gar nicht gespürt hatte. Ermutigt durch das Ausbleiben eines empörten Aufschreis, wagte ich mich etwas weiter vor. Meine Zärtlichkeiten riefen keinen Widerstand in ihr hervor, aber auch jedes andere Echo blieb aus. Nach und nach fingen die Figuren um uns herum an, sich zu bewegen. Die holländischen Puppen bewegten sich und die geschlagenen Soldaten, und selbst die Miniaturausgaben der griechischen Götter bewegten sich. Alles bewegte sich, bis auf Clarissa, die wie eine Säulenheilige aufrecht in ihrem Stuhl saß.

Von Knepper hatte die Tür geöffnet, und ich fühlte mich wie gefangen zwischen zwei Wachsfiguren. Mit ausdruckslosen Augen starrte er durch mich hindurch, und ich merkte, dass er mir etwas sagen wollte – vielleicht wollte er mich hinauswerfen, mich wüst beschimpfen oder Schlimmeres –, aber es war unübersehbar, dass ihm allein die Vorstellung zuwider war, dafür den Mund aufmachen zu müssen. Der Regen hatte ihn bis auf die Knochen durchnässt, und seine Schuhe waren voller Schlamm. Er war noch immer nicht ganz angekommen, war mit seinen Gedanken weiter an jenem anderen Ort, dort draußen, zwischen den Gräbern. Jetzt, da sein Körper sich langsam aufwärmte, konnte man nur darauf warten, dass auch sein Geist sich vom Friedhof verabschiedete.

»Meine Tochter ist krank«, sagte von Knepper. »Sie verfällt häufig in diesen Zustand.«

Er hielt ihr seine Hand vor die Augen. Clarissa regte sich nicht.

»Ich bitte Sie, sie nicht mehr zu besuchen. Fremde Menschen lösen oft solche Anfälle bei ihr aus.«

»Ich habe mich ihr ja noch nicht einmal genähert.«

»Das müssen Sie auch nicht. Sagen wir, diese Krankheit begünstigt eine sehr sensible Wahrnehmung. Clarissa bemerkt einen Unbekannten, noch bevor er den Raum betritt.«

»Sie sperren Ihre Tochter hier in Ihrem Haus ein wie eine Gefangene.«

»Es ist die Krankheit, die sie gefangen hält. Wenn ich ihr erlauben würde, ein ganz normales Leben zu führen, würde sie ins Koma fallen und nie mehr aufwachen. Versuchen Sie gar nicht erst, das zu verstehen, und verschwinden Sie, jetzt sofort, jetzt, wo Sie noch können, wo sich Ihnen niemand in den Weg stellt.«

Ich spürte, wie mich eine Kälte beschlich, die von der Reglosigkeit des Mädchens oder auch von den Spuren herrühren konnte, die diese Nacht in von Knepper hinterlassen hatte. Der Hausherr machte einen Satz durch den Raum, und bevor ich ahnte, wie mir geschah, zielte er mit dem Stock auf meinen Hals. Die eiserne Hand umschloss meine Kehle. Hätte der Mechanismus noch seine alte zerstörerische Kraft gehabt, hätte von Knepper mich umgebracht. So jedoch spürte ich nur einen sanften Druck, der kaum Male hinterlassen würde.

»Sagen Sie Ihrem Freund, dass der Mechanismus repariert ist. Es wird nicht nötig sein, dass wir uns wiedersehen.«

Das Grab

Inzwischen machte Mathilde mich schon nicht mehr nervös. Wenn ich die Buchstaben auf die Haut der Frauen malte, dachte ich an Clarissa. Nicht dass ich meine Botschaften für sie schrieb. Nein, ich stellte mir vor, wie sie in einer verregneten Nacht mein Zimmer betritt und ich – bedächtig, sorgsam – eine in einer unbekannten Sprache verfasste Botschaft entziffere.

Ich war mit Kolm in einer Taverne verabredet, in der sich vor allem die Friedhofsangestellten trafen. Dort gab ich ihm den reparierten Stock zurück. Er fragte, was mich die Sache gekostet hatte, und ich antwortete ihm, viel, wenn er mich aber mit einer kleinen Entschädigung belohnen wolle, sei ich zufrieden. Da wir in jener Spelunke keine Spione oder unerwünschten Zuhörer fürchten mussten und die Totengräber allein mit sich beschäftigt waren, konnten wir ungestört reden. Sie waren schon ein merkwürdiges Völkchen: Die Isolation, zu der sie ihr Beruf verdammte, hatte mit den Jahren dazu geführt, dass sich die Bedeutung der Wörter, die sie im Gespräch benutzten, mehr und mehr verschob, bis sie sich untereinander in einer Sprache unterhielten, die mit der ursprünglichen nicht mehr viel gemein hatte. Begriffe wie etwa Grab, Dunkelheit, Marmor oder Tod konnte man nicht mehr im buchstäblichen Wortsinn verstehen;

je nachdem, wie sie kombiniert wurden, ergaben sie vollkommen unterschiedliche Bedeutungen. Die Melodie dieser Sprache war manchmal getragen und ruhig, ähnlich dem Rhythmus, mit dem die Totengräber Erde auf ihre Schaufeln luden, dann wieder erinnerte sie an eine feierliche Zeremonie, in die einige den Grabinschriften entlehnte Sentenzen auf Latein eingestreut waren.

Ohne sich die Füße abzustreifen, schlurften sie in ihren lehmverschmierten Schuhen über den Tavernenboden, der mit der Zeit gänzlich unter einer verkrusteten Erdschicht verschwunden war. Ihre Taschen und Geräte legten sie am Eingang ab. Ab und an kamen Medizinstudenten, um ihnen Knochen abzukaufen, oder Goldschmiede, die sich für gestohlenen Schmuck interessierten.

Als Gegenleistung für den Stock bat ich Kolm herauszufinden, was der Grund für Kneppers Friedhofsbesuch war. Es bedurfte einiger Karaffen ungenießbaren Weins, bis ich Kolm mit meinem beharrlichen Bitten endlich weich geklopft hatte und er missmutig versprach, mir zu helfen. Er stand auf und führte mich zu einem rotgesichtigen Mann, der allein in der hintersten Ecke an einem Tisch saß und mit niemandem ein Wort wechselte. Unablässig blätterte er in einem dicken Buch vor und zurück, das gespickt war mit winzigen Kommentaren und Randbemerkungen. Um die Seiten besser greifen zu können, befeuchtete er sich regelmäßig die Fingerspitze, und als hätte er endlich das Wort gefunden, nach dem er schon seit Jahren suchte, zeigte er immer wieder auf bestimmte Stellen des Buches.

In diesem Mann erkannte ich den Wärter wieder, der von Knepper das Gittertor geöffnet hatte.

»Erinnern Sie sich an mich, Maron? Ich bin es, Kolm.«

Maron war nicht daran gewöhnt, dass jemand mit ihm sprach, somit überraschte es ihn, dass diese Worte an ihn gerichtet waren. »Ich erinnere mich. Ich dachte, Sie wären nicht mehr unter uns. Was führt sie an diesen Ort, die Herberge der Verdammten?«

»Ich habe Sie gesucht.«

»Was könnte man von mir schon wollen?«

»Den Schlüssel zum Friedhof. Ich möchte meinen Freund hier auf eine kleine Nachtwanderung zwischen den Gräbern einladen.«

»Ich öffne und schließe das Tor nun seit vierzig Jahren, und noch nie habe ich jemals jemandem den Schlüssel geliehen.«

»Dann wollen wir mal so tun, als würden wir Ihnen glauben, und bieten Ihnen ein paar Münzen.«

Der Andeutung des Henkers folgend legte ich zwei, drei, vier Geldstücke auf den Tisch, bis Kolm mir mit einer Geste Einhalt gebot.

»Und Sie kriegen eine weitere Münze, wenn wir einen Blick in das Buch werfen dürfen.«

Maron strich die Geldstücke ein. Im Gegensatz zu den anderen Männer in der Taverne hatte er makellos weiße und saubere Hände. Mit gesenkter Stimme sagte er: »Aber nur ganz kurz. Und machen Sie es nicht schmutzig.«

Kolm nahm das Buch und reichte es mir. Einen Moment lang war ich etwas verwirrt, und eher um meine Irritation über Kolms Vorstoß zu kaschieren als aus einer aufrechten Neugier heraus begann ich, mir die Seiten anzusehen. Kolm flüsterte mir zu, ich solle mich auf die jüngsten Beerdigungen konzentrieren. Neben jedem Namen war auch die Lage der Grabstätte verzeichnet. Zeile für Zeile suchten meine Augen wie besessen nach dem verräterischen Eintrag, bei dem die Linienführung ein Stück nach unten abrutscht, ungleichmäßig wird, bevor sie wieder ihre gewohnte Form annimmt. Kolm zog es vor, nicht direkt nach von Knepper zu fragen; die Gefahr war zu groß, dass Maron uns verriet. Es war besser, unser eigentliches Anliegen im Dunkeln zu lassen.

Bei dem Namen Sarras stieß ich auf ein »S«, das beinahe zu vibrieren schien und geradezu danach schrie, als Lüge erkannt zu werden.

Wir steckten den Schlüssel ein, gaben Maron das Buch zurück, und kurz darauf standen wir zu fortgeschrittener Stunde vor dem Friedhofstor.

Kolm verzichtete darauf, mich zu den Gräbern zu begleiten. »Ich bin Henker. Mein Geschäft mit dem Tod endet an diesem Portal.«

Er blieb am Eingang zurück und versprach, Wache zu halten.

Ich ging an den Grabplatten vorbei bis zu dem Bereich, wo jede Gruft wie ein Monument in den Himmel ragte. Ich fühlte mich wie ein Fremder auf Besuch in einer unbekannten Stadt und versuchte, mich zurechtzufinden, aber im Licht des Mondes mit den wechselnden Schatten war es schwer, sich zu orientieren. Auf der Suche nach dem Namen Sarras studierte ich die Grabinschriften. Ich folgte dem Weg, bis ich am Ende bei den ältesten Gräbern angelangt war – in der Mehrzahl allesamt verfallen.

Auf einem Miniaturpalast aus Marmor erwartete ein Erzengel den Besucher mit einem drohend erhobenen, abgebrochenen Schwert. Das rostige Vorhängeschloss war längst kaputt. Die kalte und faulige Luft, die mir von unten entgegenwehte, hätte mich um ein Haar straucheln und die Treppe in das Innere der Gruft hinunterstürzen lassen.

Mit der Laterne, die ich mitgebracht hatte, zündete ich die Kerzen an, deren Wachs schon in früheren Nächten auf Särge und Altare getropft war. Doch all das Licht reichte nicht aus, um die Szenerie zu erfassen. Ich erinnerte mich an einen unserer Lehrer aus de Vidors Schule, einen Optiker namens Mialot, der mit uns einmal folgende Übung gemacht hatte: Er zeigte uns ein Muster aus wirr angeordneten Linien, die wir nach einer Weile jedoch in eine Ordnung bringen und entziffern konnten. Der Trick war so einfach wie erstaunlich. Sobald die Anspannung nachließ und wir aufhörten, uns auf die verborgene Botschaft zu konzentrieren, erschloss sie sich wie von selbst. Hatten wir das Rätsel einmal gelöst, war es uns unmöglich zu begreifen, wie wir die in den Linien versteckten Buchstaben nicht sofort erkannt hatten.

Der Bischof saß auf einem hohen Stuhl, der Ähnlichkeit mit einem Thron hatte. Festgebunden an Schnüren, die von der Decke hingen, sah er aus wie eine Marionette. Da haben wir ihn also endlich, den Maschinenmenschen, dachte ich. Wer wollte ihn wohl mit einer Person aus Fleisch und Blut verwechseln? Um ihn herum standen enorme Eisblöcke, die aus den Bergen mit Gott weiß welch ungeheurer Kraft hierher geschleppt worden waren. Das Licht dieser Kerzen verlieh dem Bischof eine außergewöhnliche Würde. Er wirkte wie ein unterirdischer Monarch, der auch nach seinem Tod noch zu regieren verstand. Wer sich die Fäden betrachtete, an die er geknüpft war, der glaubte nicht, dass sie ihn hielten, sondern vielmehr, dass es die Instrumente waren, mit denen er die Strategien und Entscheidungen seiner Adjutanten lenkte.

Die heruntergebrannten Kerzen verloschen eine nach der anderen, eine Spur aus Wachs hinterlassend; als nur noch meine eigene Laterne brannte, erkannte ich an der Wand den Schatten eines anderen Besuchers.

Schläge gegen das Fenster

Ich hatte keine andere Waffe als den eisernen Kerzenleuchter, um mich gegen den Unbekannten zu verteidigen, falls er versuchte, mich an der Flucht zu hindern. Er war allein und stand reglos da, als hoffte er, ich würde ihn so nicht bemerken. Die Eisblöcke hatten zu schmelzen begonnen. Meine Schuhsohlen waren bereits nass, und auch der Fremde stand mit den Füßen im Wasser. Mit vorsichtigen Schritten, darauf bedacht, nicht auszurutschen, kam die Person auf mich zu.

Die Kapuze glitt ihr vom Kopf, und ich erkannte das Gesicht von Clarissa. Das war einer jener Momente, in denen man an die Gerechtigkeit der Welt glaubte und sich sicher war, dass alles gut war, so wie es war, und man nichts zu fürchten hatte. In Wortfetzen, nach Luft ringend und unterstützt von unsinnigen Gesten gelang es mir schließlich, sie zu fragen, was sie an diesem Ort verloren habe.

»Ich wollte wissen, wohin es meinen Vater nachts

immer zieht. Er ist es wohl leid, von den Lebenden zu lernen. Jetzt nimmt er seine Lektionen bei den Toten.«

Der Bischof beobachtete unsere Umarmungen und Küsse ebenso ernst wie besorgt, da durch die Wärme, die unsere Körper ausstrahlten, die Eisblöcke schneller abtauten, und er früher oder später vom Stuhl fallen würde.

Ein Windstoß löschte nun auch das Licht meiner Laterne, und der Bischof blieb allein in der Dunkelheit zurück. Er musste sein Amt bis zur letzten Sekunde ausüben: den Kopf senken, die Arme von den Fäden lösen, den Rest an Würde verlieren, und dem Schmelzen der Eisschollen beiwohnen. Ich schloss die Eisentür hinter uns, und wir machten uns auf den Weg nach draußen.

»Was werden Sie machen, jetzt, wo Sie die Wahrheit kennen?«

»Der Satz lautet wohl eher: Was wird die Wahrheit mit mir machen?«

Die Gräber wirkten wie vergessene Figuren eines alten Spiels. Ich fragte Clarissa, ob es stimme, dass ihre Krankheit sie in einen Maschinenmenschen verwandelt habe.

»Das sind Hirngespinste meines Vaters. Er glaubt, dass seine Kreaturen und ich Geschwister sind und zu einer Familie gehören.«

»Aber ich habe doch neulich selbst gesehen, wie reglos und starr Sie waren, als würden Sie schlafen.«

»Aber hat das nicht jeder mal, dass man sich nicht vom Fleck rührt, als hätte der Blitz einen getroffen?« Bevor ich darauf etwas erwidern konnte, hatte Clarissa mich geküsst. »Kann man mich wirklich mit einem Automaten verwechseln?«

Kolm wartete vor dem Friedhof auf uns; wir waren

noch nicht ganz bei ihm, da verabschiedete er sich schon mit müder, niedergeschlagener, gelangweilter Geste. Clarissa und ich beeilten uns, zu ihrem Haus zu kommen. Obwohl das Schicksal uns dazu auserwählt hatte, entscheidende Dinge zu erleben, tauschten wir Belanglosigkeiten aus, waren so albern, wie es Verliebte nun einmal sind. Als wir bei ihr ankamen, brannte drinnen Licht.

»Mein Vater arbeitet immer nachts. Eines Tages wird er noch blind davon.«

Ich verzichtete auf einen Blick durch das Fenster des Erfinders. Er war mir in diesem Augenblick gleichgültig. Ich verabschiedete mich von Clarissa, ohne zu wissen, wann ich sie wiedersehen würde. Sie war Teil eines Systems, in dem Dinge nach einem Rhythmus auftauchten und wieder verschwanden, den ich noch nicht durchschaute.

In den folgenden Nächten gewöhnte ich mir an, zu später Stunde an Clarissas Fenster zu klopfen und zu hoffen, dass sie mir öffnete. Es reagierte jedoch niemand auf die Schläge. Vielleicht schlief sie so fest, dass nichts und niemand sie aufwecken konnte; vielleicht hatte ihr Vater ihren heimlichen Ausflug auch bemerkt und sie in einem fensterlosen Raum eingeschlossen. Mit Ausnahme des Zimmers, in dem von Knepper arbeitete, lag das Haus im Dunkeln. Ich achtete akribisch darauf, nicht gesehen zu werden, bis ich mich eines Nachts, sei es aus Müdigkeit, sei es, weil ich beschlossen hatte, dass jener Besuch mein letzter sein sollte, doch einen Blick durch sein Fenster riskierte.

An den Wänden und Ständern hingen minutiöse Skizzen von unterschiedlichsten Positionen des Gesichts, des

Halses, der Hände des Bischofs. Die Zeichnungen waren perfekt, aber das Original hatte seine Abbilder mit einer Wahrheit angesteckt, die der Künstler nicht hatte vorausahnen können: So erriet man in jedem Detail, in dem Schwung der Ohren, in den Mundwinkeln, in der Leere des Blickes die Handschrift des Todes.

Das Fenster öffnete sich, und keineswegs wütend, sondern freudestrahlend sah von Knepper mir ins Gesicht, als hätte auch er in dieser Nacht darauf gewartet, mich zu treffen.

Fabres' Schüler

»Kommen Sie herein«, sagte von Knepper. »Lassen Sie uns ein letztes Mal miteinander reden.« Er führte mich durch das dunkle Haus, bis wir bei dem einzigen erleuchteten Raum ankamen. Aufgrund der Anzahl der Schlösser, mit denen er dieses Zimmer sicherte, begriff ich, dass ich das Privileg hatte, einen Ort betreten zu dürfen, der für andere verboten war. Die Skizzen der Hände und des Gesichts des Bischofs waren nun allgegenwärtig, und es schien, als habe sich der Tod selbst, dargestellt in seinen mannigfaltigen Erscheinungsformen, des Raumes bemächtigt. Ihn zu betreten bedeutete, sich den Körper des Bischofs einzuverleiben. Von Knepper ließ mich auf einem sehr harten Stuhl Platz nehmen, seinem Arbeitsstuhl, und reichte mir ein Glas Cognac.

»Mit siebzehn Jahren wurde ich Fabres' Schüler. Ich lernte alles von ihm, doch während meine Geschöpfe noch den einen oder anderen Makel hatten, wirkten seine wirklich lebendig. Das sah nicht jeder sofort. Es handelte sich um Feinheiten, aufgrund deren eine Mutter den einen Zwilling vom anderen unterscheiden kann. Ich schaffte es einfach nicht, dass meine Kreaturen sich so unbekümmert bewegten, wie es nur Lebewesen tun. Meine Automaten passten zu sehr auf sich auf.

Sicher, auch ich konnte Erfolge feiern, und so wurde ich eingeladen, einen meiner Schreiber am Hof des Zaren vorzustellen, wo er zu Ehren des Monarchen einen einhundertneun Worte umfassenden Text schreiben sollte. Ein Fehler in der Motorik ließ meinen Schreiber aber das Tintenfass umkippen, und so gab es kein anderes Loblied als diesen Klecks, der sich grenzenlos ausbreitete. Man verzieh mir diesen Fauxpas, weil einer der Weisen am Hof das Missgeschick als Zeichen für die unaufhaltsame Expansion des Imperiums deutete.

Seit diesem Vorfall beschäftigte ich mich nicht mehr mit Schreibern, sondern widmete mich den Vögeln, den Tänzerinnen, maschinengesteuerten Wäldern. Und so perfekt dieses Spielzeug auch war, wusste ich doch, dass meine ehrgeizigen Pläne andere waren, denn die wahre Obsession von Leuten wie mir, Hexenmeistern, wenn Sie so wollen, sind die Schreiber. Je regloser meine Kreaturen waren, desto lebendiger kamen sie mir vor. Indem sie sich bewegten, nahm ihre Leblosigkeit Besitz von ihnen, löschte den wachen Blick der Figuren aus venezianischem Porzellan und reduzierte sie auf die Trugbilder von Trugbildern.

Wir Automatenhersteller geben an unsere Schüler immer nur einen Teil unseres Wissens weiter, und die wahren Geheimnisse bleiben über Jahre verborgen, werden manchmal sogar erst posthum erkannt, wie ein schwer zu entschlüsselndes Testament, das einem niemand mehr vollständig erklären kann. Wenn der Schüler doppelt so weit ist wie sein Meister, wenn er vom gleichen Ehrgeiz gepackt wurde, vom gleichen Ekel, vom gleichen Hass auf dieselben Feinde, wenn er sich auf welche Weise auch immer bereits in den anderen verwandelt hat, dann sagt dieser ihm die Wahrheit. Fabres hat mir alles erzählt und gleichzeitig alles verschwiegen. Als ich mich an sein Totenbett setzte, um die letzte Seite kennen zu lernen, die in dem Buch, das er in mich hinein geschrieben hat, noch fehlte, sagte er nur: ›Sie und ich, wir sind Automaten. Was hat die Welt schon von uns.‹ Darauf starb er.

Während die anderen Schüler die Testamentseröffnung kaum abwarten konnten – und sie alle sollten enttäuscht werden –, rechnete ich mit einem Brief, einem in der Mitte gefalteten Blatt, einem neuen Scharnier oder dem Plan eines Mechanismus, der mich auf den Weg meines Meisters zurückführen würde. Stattdessen habe ich ein Buch bekommen, *De Progressione Diodica,* ein sehr detaillierter Aufsatz über ein Zahlensystem, nach dem sich alles auf die Null und die Eins zurückführen lässt. Ich habe keine besondere Affinität zur Mathematik und hatte schon überlegt, das Buch zu verkaufen, aber es musste irgendwann einmal feucht geworden sein, denn der Einband war neu. Dadurch hatte es keinen bibliographischen Wert.

Monate später hat eine meiner Katzen es treffsicher vom obersten Regal meiner Bibliothek direkt auf ein Tintenfass gestoßen, das umkippte und auslief. Der Vorfall erinnerte mich wieder an jenen Schreiber, der mich vor dem Zar bloßgestellt hatte.

Ich überflog Seite um Seite, ohne mich auf den Inhalt zu konzentrieren. Stattdessen ging ich im Geiste noch einmal jede Einzelheit meiner Niederlage durch. Das passiert uns manchmal: Wir lesen nicht das, was geschrieben steht, sondern das, was unser Verstand auf den unbekannten Blättern rasant notiert und uns diktiert. Das Morgenlicht fiel direkt auf das Buch, und da entdeckte ich eine kurze Notiz, und dann noch eine und noch eine. Mein Meister hatte die Seitenränder für seine hauchfeinen Bleistifteintragungen genutzt.«

Von Knepper hatte mein Glas bereits dreimal nachgeschenkt, und ich glaubte, nicht mehr die Kraft zum Aufstehen zu haben. Die Gegenstände um mich herum verschmolzen miteinander, als würde kein Objekt isoliert von den anderen sein wollen. Nüchtern fuhr von Knepper mit seinen Erklärungen fort, nüchtern nicht nur diese Nacht, sondern nüchtern, wie er immer schon war und immer sein würde, ohne mich anzusehen, die Augen auf einen imaginären Zuschauer gerichtet, so wie es die Schauspieler zu tun pflegen, um sich vom Publikum nicht von dem auswendig gelernten Text abbringen zu lassen.

»Ich habe zwei Wochen gebraucht, um die Worte zu dechiffrieren, und Jahre, um die Anmerkungen in Mechanismen umzusetzen. Ich lernte, auf Eisenplatten Anordnungen zu verschlüsseln, nach denen die Automaten funktionierten, was später so weit ging, dass ich nur noch die Platten austauschen musste, wenn ich neue Befehle geben wollte.«

Er gab mir eine jener Platten. Ich sah mir das Lochmuster an, das von Knepper hineingestanzt hatte, erkannte aber keinen Sinn darin.

»In diesen Löchern verstecken sich Wörter. Heute wirken meine Kreaturen genau so lebendig wie die von Fabres. Mehr noch, ich bin an einen Punkt gelangt, von dem mein Meister nur träumen konnte: Meine Geschöpfe nehmen den Platz eines Menschen ein.«

»Vor ein paar Tagen habe ich den Bischof gesehen. Er arbeitete noch im Dunkeln.«

»Das ist nicht mehr nötig. Wer sich ihn jetzt aus der Nähe und bei gutem Licht ansieht, hat keinen Zweifel daran, dass es sich um einen echten Menschen handelt. Mein Maschinenmensch ist realer als der kranke Bischof, der keine Ähnlichkeit mehr mit sich selbst hat.«

»Da Sie Ihr Werk nun vollendet haben, wer garantiert Ihnen, dass man Sie am Leben lässt?«

»Die Maschine muss kontinuierlich neu eingestellt werden. Ich bin der Einzige, der die Anweisungen ändern kann, und ich habe dafür gesorgt, dass niemand das Prozedere kennt. Somit bin ich in Sicherheit.«

Ich hatte das Glas bis auf den letzten Tropfen geleert und begann, mir darüber klar zu werden, welche Gefahr sich hinter jedem Wort verbarg. Ich hätte von Knepper gern gefragt, warum er mir die Wahrheit erzählte, was er von mir erwartete. In einem Anfall von Optimismus spekulierte ich darauf, dass er mir ein Geschäft anzubieten hatte. Doch trotz der Angst fielen mir für einige Sekunden die Augen zu. Als ich sie wieder öffnete, hörte ich die Antwort auf die Frage, die ich ihm nie gestellt hatte:

»Einem zum Tode Verurteilten muss man nichts mehr verheimlichen.«

Von Knepper schien etwas beschämt von dem Verrat, der für mich den Tod bedeuten sollte.

»Meine Tochter hat von Ihnen erzählt, und von dem Besuch auf dem Friedhof. Sie dürfen ihr keine Schuld geben; sie hat es mir gesagt, um mir zu zeigen, dass sie mir entwischt und in der Lage ist, ein normales Leben zu führen. Das arme Kind ist so geprägt von unserer Welt, dass sie allen Ernstes glaubt, solche nächtlichen Abenteuer seien das normale Leben. Als ich davon erfuhr, habe ich dem Abt Mazy von Ihren jüngsten Schritten berichtet. Sie kennen Ihren Namen nicht, aber sie wissen, dass sie nach einem Verehrer von Clarissa suchen müssen. Wozu sich umbringen lassen? Mir jedenfalls würde das nicht gefallen.«

»Was kann ich tun, um mich zu retten?«

»Ich möchte, dass Sie Paris verlassen, und meine Tochter. Es ist die Liebe, die sie krank macht. Ich muss sie vor der Liebe bewahren.«

»Das ist unmöglich. Selbst wenn ich gehe, dann kommt eben ein anderer, oder Clarissa beschließt, von sich aus zu gehen.«

»Sicher, das alles kann passieren. Mein Beruf hat mich so einiges gelehrt, darunter auch, bescheiden zu bleiben: Noch die perfektesten Maschinen setzen irgendwann aus, und Mechanismen, die ewig zu laufen scheinen, bleiben eines Tages aus unerfindlichen Gründen stehen. Das *perpetuum mobile* hat noch niemand erfunden.«

»Lassen Sie mich noch einmal zu ihr.«

»Die letzten Male sind nie zu etwas gut.«

»Ich möchte ihr sagen, dass ich nicht freiwillig gehe.«

»Das weiß sie. Ich habe ihr von Ihrem Kollegen erzählt, dem Kalligraphen des Abtes. Clarissa kennt die Gründe Ihrer Flucht. Obwohl das kein schlechtes Ende für einen Kalligraphen ist, dass sein Blut zu Tinte wird.«

»Das ist lediglich Teil einer Legende um Silas Darel.«

»Ich habe ihn mit meinen eigenen Augen gesehen. Ich habe den stummen Kalligraphen gesehen, das riesige Buch, das Fass roter Tinte. Ihr Name steht in dem Werk, und meiner, und alles, was wir tun, vielleicht sogar, was wir gerade sagen.«

Mit einer Geste bedeutete er mir, aus dem Raum und seiner Welt zu verschwinden. Er beeilte sich, alle Schlösser zu schließen, als ob er damit meine Verbannung in fremde Städte, Länder und Kontinente besiegeln wollte.

Ich verließ von Kneppers Haus und fragte mich, ob ich wirklich in so großer Gefahr schwebte. Es wurde eine unruhige Nacht für mich, in der mich jedes Geräusch daran erinnerte, dass Mazys Männer nach mir suchten. Am nächsten Morgen machte ich mich auf den Weg zu Siccard, um mir das Geld auszahlen zu lassen, das man mir schuldete, und so ein Polster zu haben, wenn ich Paris verließ. Mein Begleiter war die Angst. Ständig sah ich mich um, und hinter jedem Gesicht vermutete ich einen Feind. Dafür mussten die Leute keine Uniform oder Soutane tragen. Eine alte Frau, die mich aus dem Augenwinkel musterte, reichte völlig, ein sterbenshungriger Hund, der nicht von meiner Seite weichen wollte, ein kleiner Junge, der mit einem Holzschwert herumfuchtelte.

Im Laden von Siccard warteten bereits einige Kunden auf ihre Ware. Ein Gerichtsdiener brauchte Papier mit der blinden Justitia im Wasserzeichen; ein Geistlicher wartete auf einen Stapel Pergament, ein Musiker auf mit einem blauen Band gebündelte Notenblätter. Der Einsatz von beschriebenen Frauen als Kuriere hatte sich als verstecktes Werbemittel bewährt und den normalen und öffentlichen Geschäften des jungen Siccard zum Aufschwung verholfen. Im ersten Stock traf ich den Besitzer, der wie immer beschäftigt und unter Zeitdruck zu stehen schien, als ob er fürchtete, dass jeden Moment sein toter Vater vor ihm stehen und eine Gewinn- und Verlustrechnung von ihm einfordern könnte. Er erkundigte sich nach Dussel, aber ich wusste nichts über den Verbleib meines Kollegen. Wir sprachen nie miteinander, weil Dussel es immer furchtbar eilig hatte, nach Hause zu kommen, obwohl in seinem Pensionszimmer niemand auf ihn wartete. Bevor ich in das am Ende des Korridors gelegene Arbeitszimmer ging, in dem ich Juliette schon vermutete, bat ich Siccard um mein Honorar für die vergangenen Tage.

»Können Sie nicht bis nächste Woche warten?«

»Unmöglich. Ich muss eine dringende Zahlung begleichen.«

»Wenigstens bis morgen?«

»Es muss heute sein. Unten sitzen eine Menge Kunden. Einer von ihnen wird doch wohl in bar zahlen.«

Es wiederholte sich eine Szene, deren Ursprung in den Anfängen des Handels selbst liegen musste, jedenfalls spielte sie sich schon ab, lange bevor Siccard geboren wurde. Der junge Siccard zahlte immer, aber er verspürte so etwas wie einen moralischen Drang, sich stets zuerst etwas zu zieren. Genau wie zuvor über Jahrzehnte sein Vater. Als hätten meine Worte ihn verletzt, trottete Aristide schließlich mit gesenktem Kopf davon. Ich hingegen betrat das Arbeitszimmer, begrüßte das Mädchen und machte mich daran, meine Tinte einzusammeln. Juliette sah mir nicht lange dabei zu.

»Heute ist die Nachricht für Sie.«

Professionell zog sie sich betont langsam aus. Ich suchte zuerst nach der Unterschrift, und auf ihrem perfekten Oberschenkel entdeckte ich das V. Meiner zweifelhaften Heldentaten und bruchstückhaften Informationen müde, lud mich mein Herr und Meister ein, nach Ferney zurückzukehren. Endlich sollte der Schrecken ein Ende haben, und ich könnte wieder meiner Bestimmung nachgehen: Ich, der Kalligraph, das unbeschriebene Blatt.

Ich bin nie mehr dazu gekommen, die letzten Zeilen zu lesen, weil es im Nachbarzimmer plötzlich an der Tür klopfte, dann waren die Geräusche von splitterndem Holz zu hören. Zuletzt kam der Schrei Siccards, besser, sein Aufstöhnen, denn er wollte schreien, konnte aber nicht. Ich lief auf den Flur und prallte mit Dussel zusammen, dessen Hemd über und über mit getrocknetem Blut besudelt war. Ich dachte, dass jemand ihn verletzt hatte und versuchte, ihn zu stützen, aber um sich schlagend machte er sich aus meinen Armen frei und rannte zur Treppe. Es war das letzte Mal, dass ich ihn sah: Dussel, wie er mal wieder in Eile und ohne Ziel davonlief.

Meiner Neugier folgend, ein Impuls, der immer vor der Angst da ist, streckte ich meinen Kopf durch die

Zimmertür. Siccard hatte sich vor Mathildes Leiche niedergekniet. Ihre Kehle war mit einem sauberen Schnitt durchtrennt. Einen Moment lang schien es mir, als hätten Ameisen von ihrem Körper Besitz ergriffen, aber es waren winzige Buchstaben, die sich von ihrer weißen Haut abhoben und den ganzen Körper bedeckten, selbst die Lippen und Augenlider, sogar die Ohrmuscheln waren beschrieben. Aufgeschreckt von den Rufen und dem Blut kamen die ersten Kunden von unten die Treppe hochgeeilt.

Unter anderen Umständen wäre ich auch auf die Knie gefallen, doch meine Angst hatte mich gegen jeglichen Schmerz und selbst gegen den Schock immun gemacht. Um mich vor den Schergen des Abtes in Sicherheit zu bringen, sollte ich das Gebäude verlassen haben, bevor die Polizei eintraf und sämtliche Angestellte des Hauses verhören würde – die offiziellen ebenso wie die im Verborgenen wirkenden. Siccard hielt noch die Geldscheine in der Hand, die er für mich geholt hatte. Ohne ein Wort entriss ich sie ihm. Widerstandslos ließ er es geschehen, als würden ihm seine Hände nicht mehr gehören.

Bevor ich verschwand, bedeckte ich Mathildes Körper mit einer Decke, unter der lediglich noch eine Fußsohle herausguckte. Siccard streichelte sie, nahm den Fuß in seine Hände und betrachtete ihn eingehend von allen Seiten, drehte ihn vorsichtig nach rechts und nach links, als fürchtete er, er könne zerbrechen. Dann las er uns allen, die wir dort versammelt waren (den anderen, die abrupt verstummten, und auch mir, der ich mich langsam entfernte) mit leiser Stimme die letzten Zeilen der Apokalypse vor.

Ich hatte das Geld in der Hand. Sobald ich gepackt hatte, würde ich Paris verlassen. Mehr noch, als meinen Verfolgern zu entgehen, wollte ich weg von dem Raum, in dem Mathildes Leiche lag. So groß Paris auch sein mochte, das Zimmer mit der Toten lag immerhin direkt neben meinem.

Ich ging zum Haus meines Onkels und begann, mein Schreibwerkzeug zusammenzusuchen, versicherte mich, dass alle Gefäße auch gut verschlossen waren, damit die Tinte nicht meine Kleidung beschmutzen oder schlimmeren Schaden anrichten konnte. Als ich die Schritte auf der Treppe hörte, glaubte ich, es sei der Marschall de Dalessius, dem meine unmittelbar bevorstehende Abreise die Lebensgeister geweckt hatte. Andere Menschen freuen sich über ankommenden Besuch, mein Onkel freut sich erst, wenn er wieder geht. Aber das Schlüsselgeklapper machte mich unruhig. Es hörte sich an wie Glocken zu einer Beerdigung.

Die riesige Gestalt Signacs füllte den Türrahmen voll aus. Obwohl er reglos dastand, hörten die Schlüssel, bewegt vom Atem oder dem Herzschlag, nicht auf, gegeneinander zu schlagen. Direkt gefolgt war er von einem anderen von Mazys Männern, groß und dünn wie der Dolch, den er in diesem Moment aus der Scheide zog.

Sie verschenkten keine Zeit mit Drohungen oder Schlägen. Das Einzige, was sie wissen wollten, war, wer mich beauftragt hatte. Ich schwieg. Der Instinkt hat uns gelehrt, dass der Gegner einen irgendwann in Ruhe lässt und vergisst, wenn man nur lange genug schweigt. Der

Dolch hingegen vergaß nicht und näherte sich bald schüchtern meiner Kehle. Dennoch war mein Schweigen weniger gefährlich, als die Wahrheit zu sagen. Kaum hätte ich gesprochen, hätten sie mich aufgeschlitzt. Alles, was sie von mir erwarteten, war ein Wort, ein Name, die Unterschrift auf dem Papier, das ich mit meinen Taten beschrieben hatte.

Ich hüstelte, tat so, als ob es mir die Sprache verschlagen hätte, und bat per Handzeichen um Feder und Tinte. Sie nahmen diese Geste als Zeichen meiner Panik, und das beruhigte sie. Für sie versuchte jemand, der etwas aufschreiben wollte, dem Gestammel und den Lügen aus dem Weg zu gehen. Ich entschied mich für eine braune Tinte, die nach Mandragora roch. In seinem Buch über die Kraft der Pflanzen hatte Paracelsus behauptet, die einfache Berührung eines soeben geschriebenen Buchstabens in dieser Farbe würde reichen, um an ihrem Gift zu sterben. Seiner Abhandlung zufolge, waren einige Wörter empfänglicher für das Gift als andere. Anstelle eines Wortes aber entschied ich mich für einen Schlusspunkt. Die Feder verschwand zuerst in der Flüssigkeit, dann in der Haut meines zudringlichsten Widersachers.

Der Stich verursachte ihm solche Schmerzen, dass er die Hände an die Wunde legte, und sich dabei selbst mit dem Dolch verletzte; somit war das hungrige Metall schließlich auch satt. Mit zwei scharfen Schlüsseln in den Fingern taumelte Signac auf mich zu, aber er erreichte mich nicht. Das Gewicht seiner Waffen verlangsamte seine Bewegungen, und ich war bereits bei der Tür.

Atemlos kam ich im Büro der nächtlichen Post an.

Hinter einer schmutzigen Scheibe saß ein Mann und trug Namen, Daten und Bestimmungsorte in ein Buch ein. Ich klopfte so lange gegen das Fenster, bis er kam und es öffnete. Er muss wohl eine gewisse Ähnlichkeit mit meinem Onkel erkannt haben, denn zumindest vorerst bat er mich um keinerlei Ausweispapiere. Ohne mein Umfeld aus den Augen zu lassen – bei jedem metallischen Geräusch zuckte ich zusammen – erklärte ich ihm die missliche Situation.

Während wir die Halle der ehemaligen Salzfleischfabrik durchquerten, erzählte mir der alte Angestellte, der sich als Vidt vorstellte, dass er mich noch als Kind gekannt hatte. Wie beiläufig fragte er mich nach dem Namen des Schiffes, mit dem meine Eltern untergegangen waren. Als ich ihm den richtigen nannte, beschleunigte er im Vertrauen darauf den Schritt, dass ich die Wahrheit sagte und er von daher von meinem Onkel keine Repressalien für seine Unterstützung zu fürchten hatte.

Wir kamen durch ein Lager mit Särgen und gelangten schließlich zum Stellplatz der Kutschen. Eine von ihnen setzte sich gerade in Bewegung, und mit einem lauten Ruf befahl Vidt dem Kutscher anzuhalten, weil noch ein weiterer Sarg aufzunehmen sei.

»Für wen ist der?«, wollte der Kutscher ungehalten wissen, als gäbe es in seinem armseligen Leben irgendetwas, das keinen Aufschub duldete.

»Für mich«, sagte ich.

»Ich finde, Sie sehen noch ganz gesund aus.«

»Nicht mehr lange, wenn Sie sich nicht etwas beeilen.«

Ich drückte ihm eine Münze in die Hand und verließ

mich darauf, dass das Geld alle weiteren Fragen beantworten würde.

Vidt bestand darauf, mein Gesicht zu pudern, so wie man es oft auch mit den Passagieren machte. Es war eine Spezialschminke, von etwas zäherer Konsistenz als die, die bei den Reichen und Adligen modern war. Ich betrachtete mein Spiegelbild im Fenster der Kutsche: wer mich so sah, der hatte keinen Zweifel daran, dass ich jegliches Leben ausgehaucht hatte.

Wir hoben den Sarg in die Karosse, und ich stieg, nicht ohne Schwierigkeiten, gleich darauf in die Kiste. Der Kutscher war so nett, mir eine Decke zu geben, damit ich mir nicht bei jedem Huckel den Kopf stieß. So machte ich es mir bequem, schloss die Augen, und der Sargdeckel rastete über mir ein.

Das Ende der Reise

Es war die schlimmste Reise meines Lebens, und ich möchte betonen, dass in meinem Leben jede Reise schlimm war. Jeder Stein auf dem Weg war ein Schlag in meinen Rücken, jede Biegung ein Martyrium. Immer wenn der Wagen wegen eines Hindernisses oder einer Kontrolle anhielt, fragte ich mich, ob mein Kopf wohl so wertvoll war, dass der Kutscher Lust bekam, mich auszuliefern. Aber als Paris schon weit hinter uns lag, öffnete sich der Sargdeckel an einem kalten Morgen, und der Kutscher reichte mir die Zügel, um sich hinzulegen.

Bei prasselndem Regen erreichten wir ein paar verlassene Höfe. Die Route des Kutschers führte ihn weiter geradeaus, Richtung Norden. Er riet mir, auszusteigen und nach Ferney zu laufen. Also machte ich mich auf den Weg, wanderte unter grauen Bäumen dahin, kreuzte eine steinerne Brücke, einen Bach. Mit jedem Schritt fühlte ich mich schwächer, ich hatte Fieber und war völlig erschöpft. Das Gezwitscher der Vögel wurde zu Totenmusik in meinen Ohren, die die Bäume und den Himmel noch grauer aussehen, mein Ziel unerreichbar weit weg scheinen ließ. Als ich am Schloss ankam, konnte ich nicht einmal mehr meinen Namen sagen.

Man bot mir ein Bett und trockene Kleidung an, meinen Wunsch aber, baldmöglichst mit Voltaire zu sprechen, überhörten sie. Der Teil des Schlosses, in dem man mich untergebracht hatte, wurde zu der Zeit komplett saniert, und deshalb schob man mich samt Bett und allem Drum und Dran mitten in der Nacht von hier nach da. Ich wurde in die Küche verfrachtet, in das übel riechende Untergeschoss, in die Räume, in denen das einwandfreie Funktionieren der Uhren überprüft wurde (und in denen man nie wusste, wie spät es war, weil alle eine andere Zeit anzeigten). Dann wieder haben mich die Bediensteten auch in die Zimmer von anderen Bediensteten gebracht, die sich dort von irgendeiner Krankheit erholten. Doch niemandem konnte ich auch nur die geringste Information entlocken. Wir Kranken redeten wirres Zeug, auf das keiner reagieren wollte. Und in den Gesten derjenigen, die mich von A nach B brachten, lag eine Schrecken erregende Verschwiegenheit. Ich weiß nicht, ob es daran lag, dass sie nicht wussten, wie sie mich, einen Kalligraphen, behandeln sollten (etwas schlechter als einen Herrn, und etwas besser als eine Hausangestellte), oder ob sie die zweifelhaften Heilungschancen meiner Krankheit kannten, und mich deshalb in düsterer Ehrfurcht über die Flure schoben.

Und so reiste ich weiter, hörte nicht auf zu reisen in einer Nacht, die mit jedem Zimmer, mit jedem Salon, mit jeder Treppe nach oben und wieder nach unten länger wurde. Solange das Fieber anhält, ist nichts an seinem Platz. Am Ende der Reise landete ich vor den Türen des Theaters von Ferney, und ich habe nie herausgefunden, ob mein Meister, der Zufall oder ein Versehen dafür verantwortlich war.

Schwankend, blass, aber fieberfrei torkelte ich durch einen dunklen Saal mit sizilianischen und japanischen Marionetten, einbalsamierten Raben und dem Kupferskelett eines chinesischen Drachens.

Ich zog den Vorhang zur Seite und stand auf der Bühne, wie ein Schauspieler, der zu spät zur Vorstellung kommt und seinen Text vergessen hat. Und da entdeckte ich Voltaire, auch wenn ich erst vermutete, es handele sich um einen Schauspieler, der in seine Rolle geschlüpft war, denn die Altersschwäche wirkte so übertrieben, wie es Kostüm und Maske manchmal bewirken. Nach und nach entdeckte ich, im Publikum oder auf der Bühne, auch die staunenden Blicke der anderen. Und dann, als die Überraschung sich gelegt hatte, hörte ich Voltaire sagen: »Das ist mein Kalligraph, der von seiner Mission zurück ist.« Er betonte die Worte, als wären sie der Schlusssatz einer langen Komödie. Es folgte Applaus, und endlich hatte auch ich das Gefühl, wieder angekommen zu sein.

Dritter Teil

Der Meisterkalligraph

Warten

Das Licht dringt durch die schmutzigen Scheiben, und auf dem groben Papier zeichnet sich das Zittern meiner Hand ab. Ich habe gelernt, die unstete Linienführung in Arabesken zu verwandeln. Man muss nur die Tinte fließen und die Hand von Wort zu Wort gleiten lassen, ohne seiner Schwäche Beachtung zu schenken. Wenn wir einmal anfangen zu zweifeln, stellen wir bald alles in Frage; wie jener Kalligraph im Vatikan, der ein Schriftstück aufsetzen musste und sich nicht mehr sicher war, ob er Papst Clemens den VI. oder VII. erwähnen sollte. Dann überlegte er, ob es überhaupt Clemens war, bis er schließlich jedem Wort misstraute, seine Feder niederlegte und nie wieder in seinem Leben einen Satz zu Papier brachte.

Das Zittern meiner rechten Hand ist nicht einfach eine Alterserscheinung. Es ist Teil des Veck-Syndroms (benannt nach Karl Veck, einem Kalligraphen am Hof der Habsburger). Die Hände von Menschen wie uns, die jahrzehntelang ihren Beruf ausüben, gewinnen eine gewisse Unabhängigkeit, was häufig zur Folge haben kann, dass wir ein bestimmtes Wort schreiben wollen, die Hand sich aber für ein vollkommen anderes entscheidet. In den

Chroniken wird berichtet, dass Veck, selbst wenn man ihm im Schlaf eine Feder in die Hand drückte, in rasendem Tempo ein Wort oder manchmal sogar einen ganzen, zumeist sinnentstellten Satz aufschrieb, den er später im Wachzustand vergeblich zu interpretieren suchte.

Manchmal schreibt auch meine Hand unabsichtlich ein Wort auf, darum sind diese Seiten auch voller Korrekturen und durchgestrichener Buchstaben. Als junger Mann hasste ich diese unsauberen Blätter. Mit den Jahren aber habe ich gelernt, zu akzeptieren, dass sich hinter den Klecksen und überschriebenen Wörtern die Entwicklung verbirgt, die unsere eigene Handschrift nimmt. Alles, was man mir in der Schule de Vidors beigebracht hat, ist Unsinn. Der beste Kalligraph ist mitnichten der, der nie einen Fehler macht, sondern jener, der auch noch den Flecken einen Sinn und einen Rest Schönheit zu entlocken versteht.

Dringende Aufgaben hatten mich gezwungen, meine Erinnerungen zu unterbrechen, jetzt aber verlasse ich dieses eisige Zimmer, überquere den Ozean und die Zeit, um erneut die Bühne auf Schloss Ferney zu betreten. Abgesehen von den Besuchern, die sich regelmäßig um Voltaire scharten und um seine Gunst buhlten, standen nun auch eine junge und eine ältere Frau an seiner Seite – Mutter und Tochter, wie ich vermutete. Leidenschaftlich und mit Nachdruck gab Voltaire ihnen Anweisungen, wie sie das Drama der Calas nachzuspielen hatten.

»Das Volk zu Tränen zu rühren ist keine Kunst, denn der Pöbel weint schnell. Das Herz am Hof zu bewegen hingegen ist ausgesprochen schwierig. Rührung zeigt sich dort nicht in Tränen, sondern in Zurückhaltung derselben. Und die müssen der erbittertsten Anstrengung des Willens zum Trotz fließen.«

Mit Respekt nahm ich zur Kenntnis, dass die Frauen den Anweisungen Voltaires willfährig nachkamen. Ich hätte nicht vermutet, dass es noch irgendwo gefügige Schauspielerinnen gab. Es mussten Schweizerinnen sein, keine Frage. Die beiden nutzten die Unruhe, die mein unvermutetes Auftauchen verursacht hatte, um sich hinzusetzen und sich eine kurze Pause zu gönnen. Ich fragte Voltaire, welche Passage er genau zu spielen gedachte.

»Die schwierigste überhaupt. Die Witwe und die Tochter von Jean Calas bereiten eine Reise zu sämtlichen Königshäusern Europas vor, weil sie nach Unterstützung für ihren Fall suchen. Ich will, dass sie das Nötigste sagen, das aber treffend, ohne einfältig zu wirken, und vor allem ohne übertriebene Gesten.«

Als ich plötzlich merkte, dass die beiden Frauen die echte Witwe und Tochter von Calas waren, war ich schon drauf und dran zu gestehen, dass ich zu der Zeit des Martyriums ihres Mannes und Vaters in Toulouse gewesen war und sogar das verlassene Haus besucht hatte. Irgendetwas aber hielt mich zurück. Vielleicht lag es daran, dass sich die beiden, versteckt hinter ihren Rollen, in dem Theaterstück wohl zu fühlen schienen, und sie es mir übel genommen hätten, wenn man sie daran erinnert hätte, dass sie keine Rollen spielten, sondern sich selbst.

»Es wird reichen, wenn sie die Wahrheit sagen, die ihnen ihr Herz diktiert«, sagte ich leise.

»Das Herz und die Wahrheit geben kein gutes Paar ab. Unsere Feinde inszenieren großartige Vorstellungen, und auch wir müssen Rollen spielen. Überall wird heute Theater gespielt, nur nicht in den Theatersälen. Die Städte sind die Bühnen geworden.«

Tagsüber versuchte ich vergeblich, meinen Platz als Kalligraph zu finden. Ich erhielt kaum einen Auftrag, und wenn ich mich daran machte, das Archiv zu sortieren, hielt mich Wagnière mit der sibyllinischen Ankündigung davon ab, Voltaire habe andere Pläne mit mir. Ich spürte, dass die Abläufe im Schloss, in die ich früher integriert war, mich jetzt zurückwiesen. Ich verwandelte mich in ein Gespenst. Betrat ich einen Raum, drehte niemand den Kopf zum Gruß nach mir um. Manchmal erzählte man mir meine Geschichte, als hätte nicht ich selbst sie erlebt. Sekretäre, Köche, Bedienstete, selbst die Reisenden, die kamen, um das Genie von Ferney zu sehen, berichteten von meinen Abenteuern. Dabei hörten sich die Geschichten wie alte Legenden an, die von Mund zu Mund weitergegeben wurden und sich bald auf das Wesentliche beschränkten. Niemand wollte glauben, dass ich, ein unbedeutender Kalligraph, der Held jener Ereignisse war, und sie schenkten meiner Version nur dann eine gewisse Beachtung, wenn ich so tat, als hätte ein anderer sie erlebt. Ich existierte fortan in der dritten Person.

Ich schrieb die letzten Berichte über meine Tage in Paris und wartete vergeblich darauf, Voltaire an seinem Schreibtisch anzutreffen. Geschäftliche Angelegenheiten verschlangen seine Nachmittage und zwangen ihn zu übereilten Entscheidungen beim Uhrenhandel, in der Pflanzenzucht und bei den Investitionen im Ausland. Ich schob ihm meine Berichte unter der Tür durch, ohne zu ahnen, ob er sie las oder verbrannte.

Eines Morgens dann kam Voltaire höchstselbst in mein Zimmer und ging mit mir zu seinem Schreibtisch. Er begann mir von seinen Beschwerden zu erzählen, was mich nicht in besondere Alarmbereitschaft versetzte, da seine Altersdemenz ihn schon seit Jahren fest im Griff hatte, und dann zeigte er auf einen Stapel, in dem ich meine Chroniken wiedererkannte. Die Ränder waren mit Bemerkungen versehen, in der überwiegenden Mehrzahl waren es Fragezeichen.

»Ich habe Ihre, übrigens beispiellos einfältigen, Berichte wieder und wieder gelesen. Trotz all der Fehler konnte ich eine Schlussfolgerung ziehen: Die Dominikaner bereiten sich darauf vor, die Lücke zu besetzen, die die Jesuiten hinterlassen werden. Sie haben den Tod des Bischofs verheimlicht, um ihre Macht zu sichern. Solange der Spuk mit den Automaten anhält, wird sich an ihrer Stellung nichts ändern. Die grassierenden Wunder, die Frankreich erschüttern, gehen auf ihr Konto und werden von ihnen kontrolliert. Der arme Jean Calas war ein Opfer mehr auf ihrem Feldzug. Deshalb möchte ich, dass Sie wieder nach Paris gehen.«

»Ich würde lieber hier bleiben. Ich glaube, es gibt noch eine Menge Korrespondenz zu erledigen …«

»Die einzige Korrespondenz, die zählt, sind die zwei Nachrichten, die ich Ihnen mitgeben werde. Die erste ist für den Drucker Hesdin. Er möge sie so schnell er kann vervielfältigen – ohne meine Unterschrift. Die zweite ist für den Bischof. Es kommt bald eine päpstliche Delegation nach Paris, und der Bischof wird die Macht der Dominikaner ratifizieren. Sie müssen von Knepper davon überzeugen, den Text zu ändern.«

Ich bat ihn erneut darum, mich nicht nach Paris zu schicken. Ich hatte Angst und wollte nichts weiter als einen einfach Posten auf Schloss Ferney.

»Reisen Sie unter falschem Namen. Ich habe niemanden, den ich sonst damit beauftragen könnte. Wagnière ist alt; jedes Mal, wenn er sich auf den Weg in einen anderen Flügel des Schlosses macht, winke ich ihm weinend nach, weil ich nicht weiß, ob er lebend zurückkommt. Ich appelliere mit meiner Bitte nicht an Ihr Ehrgefühl. Ich erwarte auch nicht, dass Sie Ideen verteidigen, die Sie vielleicht nicht teilen. Ich bitte Sie lediglich, dem universalen Gesetz der Habgier zu gehorchen. Von jetzt an sind Sie offizieller Kalligraph von Ferney. Entsprechend erhöht sich auch Ihr Gehalt.«

Ich legte Risiko und Geld in die zwei Schalen einer imaginären Waage, die sich auf die Seite der Vorsicht neigte. Dann wieder dachte ich an Clarissa, die in meinem täglichen Leben keine Rolle mehr spielte, die mir aber allein aufgrund der Tatsache, dass sie weit weg war, innerlich näher kam. Als letzte Bedingung forderte ich eine Werkstatt, in der ich Tinte herstellen konnte, sowie das Recht, sie auch zu verkaufen.

»Könnte ein gutes Geschäft werden«, sagte Voltaire. »Wenn wir den Türken Uhren verkaufen, warum sollten die Franzosen uns dann keine Tinte abnehmen?«

Ich setzte einen Vertrag auf – schließlich war Voltaire alt, sein Gedächtnis schwach, und er konnte sterben, während ich auf Reisen war. Er unterzeichnete das Abkommen mit vorwurfsvollem Blick, als ob mein Misstrauen in sein Wort, sein Erinnerungsvermögen und seine Gesundheit ihn enttäuschen würde. In einer Woche sollte ich nach Paris aufbrechen. Bis dahin würde er sich in sein Zimmer einschließen und die Botschaften überarbeiten, die ich mitnehmen sollte. Und während ich das Bett überhaupt nicht mehr verließ und mich weigerte, an die bevorstehende Reise zu denken, sprang er jeden Morgen in aller Frühe mit einem Satz aus dem Bett, ja, manchmal tanzte er sogar ein paar Schritte, bevor er mit dem Schreiben begann, als hörte er von irgendwoher Musik, geheime Musik. Es waren nicht die Klänge des Universums, und mit der Entdeckung einer in der Natur verborgenen Harmonie hatte es auch nichts zu tun. Es war der Lärm der Welt, der ihn zum Tanzen brachte.

Ein anonymes Pamphlet

Die Zeit der Ruhe war vorbei, und ich wandte mich wieder meiner Aufgabe, dem Schreiben, zu, diesmal jedoch nicht mit Feder und Tinte, sondern mit meinen Schritten und dem Staub des Weges. Kaum war ich in Paris angekommen, suchte ich das Haus des Druckers Hesdin, der schon früher für Voltaire gearbeitet hatte. Er hatte mir die Adresse auf einen Zettel geschrieben, den der Regen aufgeweicht hatte, und von dem Straßennamen waren nur noch wenige blassblaue Striche übrig geblieben. Da aber alle Drucker im Seilerviertel lebten und Hesdin relativ bekannt war, dauerte es nicht lange, bis ich seine Werkstatt unweit des Französischen Theaters gefunden hatte.

Bevor ich zu ihm ging, spazierte ich zunächst noch ein wenig in der Gegend umher, denn ein paar der Passanten waren mir verdächtig vorgekommen, und ich fragte mich, ob Abt Mazy von meiner Ankunft in Paris erfahren hatte. Doch die vermummten Männer, die an den Ecken und Türschwellen lauerten, suchten gar nicht mich. Vielmehr gab es zu dieser Zeit so viele Tragödienschreiber in Paris, dass die Theater bis zum Ende des Jahrhunderts mit genügend Stoff versorgt waren und ihnen Hausverbot erteilt hatten. Die neuen tragischen Helden schlichen nun in Erwartung einer Gelegenheit, sich unbemerkt Zugang zu verschaffen, um die Bühnenhäuser herum. Einmal drinnen, hielten sie sich so lange versteckt, bis sie sich dem Direktor oder Regisseur an die Brust werfen konnten. Manche drohten damit, sich auf der Stelle umzubringen, wenn sie nicht sofort ihren Text vorlesen durften. Damals schien mir dieses Problem nicht von Bedeutung, heute aber, aus der Distanz, glaube ich, dass dort ein Keim gesät worden ist, aus dem alles Spätere hervorging. Die Revolution wurde überwiegend von frustrierten Schriftstellern angeführt, und es war ihr literarischer Neid, ihr Scheitern vor den Bühnenbrettern, das in die Herrschaft des Terrors mündete.

In der Werkstatt drehte ein Arbeiter den Handgriff der Druckerpresse. Ich fragte ihn nach Hesdin, und er zeigte nach hinten auf einen Mann mit weißem Haar, der Goldbuchstaben auf einen Buchumschlag malte. Er war umzingelt von Bücherbergen, die nur darauf warteten, ihn unter sich zu begraben.

»Woher kommen Sie?«, fragte er mich. »Eine Wolke Staub begleitet Sie.«

»Ich komme aus Ferney, mein Herr.«

»Dann sind Sie nicht nur vom Staub, sondern auch von einer Menge Probleme begleitet.«

Auf dem einzigen Stuhl, den es gab, lag ein Haufen Bücher, die Hesdin auf den Boden warf. Ich bückte mich nach einer Ausgabe der *Variationen der Kalligraphie* von Jacques Ventuil, illustriert mit zwölf Abbildungen von Moreau dem Jüngeren.

»Interessieren Sie sich für dieses Buch?«

»Ich bin Kalligraph.«

»Sie tun mir einen Gefallen, wenn Sie es mitnehmen. Ich habe nur siebenunddreißig Exemplare davon verkauft. An die verbrannten Bücher hat man bessere Erinnerungen als an die totalen Ladenhüter. Was der Zensur zum Opfer fällt, nimmt wenigstens keinen Platz mehr weg. Sehen Sie sich das gut an, Buchstaben von Baskerville, die Typographie erinnert entfernt an die schwungvollen Bewegungen der menschlichen Hand. Baskerville war Kalligraph, bevor er sich dem Druck widmete, aber er wollte seinen früheren Beruf nie ganz preisgeben.«

Er hörte auf zu zeichnen und holte eine Karaffe mit Wein und ein Tablett mit Brot und Käse. Ich hatte mir vorgenommen, langsam zu essen, um ab und an eine nette Bemerkung fallen lassen zu können, aber dann verschlang ich die Mahlzeit, ohne auch nur ein Wort sagen zu können. Dafür sprach Hesdin die ganz Zeit über.

»Auf Seite einhundertacht wird von einem chinesischen Kalligraphen berichtet, der den Auftrag hatte, ein langes Gedicht über die Fehlbarkeit der Kalligraphie ins Reine zu übertragen. Der Kalligraph hatte die Anweisung direkt aus dem Palast erhalten, und die Verantwortung, die auf seinen Schultern lastete, war enorm. Wenn er sein ganzes Können ins Spiel brachte, wäre der Kontrast zwischen dem Inhalt und dem Erscheinungsbild des Gedichtes für jedermann unübersehbar gewesen. Damit hätte er den Frevel begangen und die Kunst der Kalligraphie über die der Poesie triumphieren lassen. Wenn er sich aber für eine zittrige Linienführung entschied und absichtlich Fehler einbaute, lief er Gefahr, von seinem Amt als Palastschreiber enthoben zu werden. Den Pinsel in der Hand auf das weiße Blatt Papier starrend, grübelte und grübelte der Kalligraph, bis er die Antwort fand. Er zeichnete die schönsten Ideogramme, die er jemals gemalt hatte, doch bevor er das komplexe Symbol, hinter dem sich das Wort ›Kalligraphie‹ verbarg, vollendet hatte, ließ er die Schrift zunehmend verblassen, als wären dem Schreiber während der Lektüre des Gedichtes Zweifel gekommen, bis er sich schließlich überzeugt von dem Poeten vor ihm verneigte. So hat dieser Kalligraph die Gunst des Kaisers gewonnen.«

Hesdin verstummte und wartete, bis ich aufgegessen hatte, damit ich ihm erklären konnte, warum ich gekommen war. Ich fasste unter mein Hemd nach dem versteckten Brustbeutel und holte das auf der Basis von Voltaires unidentifizierbarem Gekritzel ins Reine gebrachte Manuskript heraus.

Hesdin seufzte schwer. »Und mit welcher Unterschrift sollen wir es veröffentlichen?«

»Keine Unterschrift.«

»Die Unterschriften können falsch sein, und man weiß nie, wer wirklich dahinter steckt. Die anonymen Verfasser dagegen nähren sofort alle möglichen Gerüchte; es dauert nicht lang, und der Urheber ist enttarnt.«

Während ich mich um die letzten Krumen Brot und den restlichen Wein kümmerte, las er mir die Erzählung laut vor. Als ich die Geschichte abschrieb, hatte ich nichts Anrüchiges an ihr finden können, ja, ich hatte ihr noch nicht einmal viel Bedeutung beigemessen. Ich hatte sie als einen Tick Voltaires betrachtet, als einen Beleg für sein übersteigertes Vertrauen in die Macht der Worte. Hesdin jedoch trug den Text mit mysteriösem Duktus vor, als sei er voller Fragen und Geheimnisse. Da Hesdin aus Angst vor den Folgen nur eine sehr kleine Auflage druckte, von der kein einziges Exemplar mehr vorhanden ist, ging die Erzählung mit den Jahren verloren, und in die siebzigbändige Werkausgabe von Kehl wurde sie auch nicht aufgenommen. Allein in meiner Erinnerung bewahren sich ein paar Brocken dieser Erzählung, die ich lediglich unzureichend wiedergeben kann und nur deswegen niederschreibe, damit man die folgenden Ereignisse versteht.

Die Botschaft des Erzbischofs

Zu Beginn des XVI. Jahrhunderts stieß der Geistliche Piero De Lucca in der Bibliothek des Monasteriums, in dem er lebte, auf den fünften Band der *Alchemie der Mechanik* von Johannes Trassis. Die anderen vier Bände hatten sich im vorhergehenden Jahrhundert verloren. Als er die Lektüre des Manuskriptes beendet hatte – von der er wusste, dass sie verboten war –, begann De Lucca im Keller des Monasteriums, eine Kreatur aus Holz und Metall zu schaffen.

Ein Jahr lang arbeitete er daran, ohne dass irgendjemand davon erfuhr. Unter den anderen Geistlichen stand er schon im Ruf, ein Eremit zu sein. Als er fertig war, lernte die Kreatur zu gehen und mit monotoner und metallisch klingender Stimme zu stammeln, einige Wörter gelangen ihr sogar in reinstem Latein. Auf einfache Fragen konnte sie antworten, überstieg das Gesagte jedoch ihren Horizont, entgegnete sie: »Dazu habe ich kein gesichertes Wissen.«

De Lucca war fasziniert von seinem Werk. Monatelang hatte er an nichts anderes als an seine Konstruktion gedacht, jetzt aber, wo er sie vor sich hatte, zügelte er seinen Stolz und fragte sich, ob er nicht ein Handlanger des Bösen war. Er entschied sich, seine Schöpfung selbst zu fragen, die, wie so oft, nur eine Antwort parat hatte: »Dazu habe ich kein gesichertes Wissen.«

Der Geistliche entschloss sich dazu, eine höher gestellte Autorität um Rat zu fragen. Er schickte seine Kreatur mit einem Brief an den Erzbischof nach Mailand. In dem Brief bat er den Geistlichen inständig, sich den Kurier genau anzusehen und ihm seine Meinung über dessen Beschaffenheit mitzuteilen.

Die Jahre verstrichen ohne jede Reaktion. Der Geistliche dachte manchmal in melancholischer Rückbesinnung an seine Kreatur, und fragte sich, wo sie wohl gerade sei. Ob sie das Leben eines normalen Menschen führte, ob sie auf dem Grund eines Flusses verrottete oder ob sie gar wegen Ketzerei auf dem Scheiterhaufen verbrannt worden war. Er hätte ihr viele Dinge beibringen können, aber sein Drang zu erfahren, ob er etwas Gutes oder etwas Schlechtes geschaffen hatte, hielt ihn zurück. Und so war er dazu verdammt, auf eine Antwort zu warten.

Schon alt und krank, suchte er für sein Dilemma Rat bei seinem Beichtvater; der trug ihm auf, sofort nach Mailand zu reisen, um nicht in Zweifel und Sünde sterben zu müssen.

Seit damals war bereits der vierte Erzbischof in Amt und Würden (einen hatte man sogar vergiftet). Trotzdem hoffte De Lucca, in der von den Archiven dominierten unterirdischen Stadt eine Antwort zu finden.

Piero De Lucca unternahm die Reise. Er war über achtzig und kam vollkommen erschöpft am Ziel an. Man wies ihm ein Zimmer in der Nähe der Kathedrale zu. Als der Moment kam, in dem ihn der neue Erzbischof zu empfangen bereit war, war De Lucca so schwach, dass er sich nicht aus seinem Bett erheben konnte.

Es schmerzte ihn, ohne Antwort sterben zu müssen. Als die anderen Geistlichen ihn in diesem Zustand sahen und seine Unruhe bemerkten, baten sie den Erzbischof förmlich, ihn bei sich zu Hause zu besuchen.

Piero De Lucca war im Delirium, als der Erzbischof seine Kammer betrat. Mühevoll, mit Pausen, Aussetzern und sich wiederholend, erzählte der Geistliche seine Geschichte, die ihn bis in die Dunkelheit dieses Zimmers geführt hatte. Nichts weiter ersehnte er mehr als die Antwort auf seine alte

Frage. Die Worte des Erzbischofs erreichten den Geistlichen im selben Moment wie der Tod: »Dazu habe ich kein gesichertes Wissen.«

»Mir hätte es besser gefallen, wenn der Verfasser die Handlung in einen orientalischen Palast verlegt hätte, mit einem verantwortlichen Kalifen, oder einem Mandarin, anstelle eines Erzbischofs«, sagte Hesdin. »Die Ägypter, die Araber und die Chinesen würden sich nie beschweren.«

»Es handelt sich um ein Märchen. Automaten, Maschinen, nichts Reales.«

»Ich sehe darin ja auch nichts Schlechtes, aber das will nichts heißen. Wir sind von Berufs wegen daran gewöhnt, alles gegen den Strich zu bürsten. Erst wenn die Bücher einen Skandal hervorrufen oder auf dem Scheiterhaufen landen, merken wir Drucker, was wir da eigentlich veröffentlicht haben. Egal, geben Sie mir den Text. Eines Tages werde ich ihn verstanden haben. Nie liest man ein Buch besser als im Licht der Flammen.«

Die menschliche Maschine

Unter falschem Namen nahm ich mir ein Zimmer in der Herberge Zum Fisch. Ich schlief fünfzehn Stunden am Stück, und als ich aufwachte, dachte ich über meine Zukunft nach. Während meiner Reise nach Paris war es leicht gewesen, Pläne zu schmieden und unwiderrufliche Entscheidungen zu treffen. Solange die Städte noch weit entfernt sind, erscheinen sie einem wie Spielzeugdörfer, in denen alles machbar, möglich und nah beieinander ist. Als ich mein Ziel jedoch erreichte, fiel mir wieder ein, dass die Städte aus nichts anderem als Hindernissen bestehen.

Es gab für mich nur eine Möglichkeit, von Knepper zu zwingen, den Text zu ändern: Ich musste Clarissa in meine Gewalt bringen. Mit Hut und einer Kapuze über dem Gesicht schlich ich mich zu seinem Haus, um ein weiteres Mal die Gewohnheiten seiner Bewohner auszukundschaften. An den Wänden und Fenstern zeigten sich Spuren des Verfalls; das Haus schien unter meinem Blick zu altern. Noch ein paar Minuten, und ich würde Zeuge seines Einsturzes werden. Meine Augen waren müde und steckten alles, was sie ansahen, mit ihrer Müdigkeit an. Ich wartete sehnsüchtig darauf, dass von Knepper das Haus wegen irgendeiner dringenden Angelegenheit verließ. Doch nun, wo sich die Besuche beim Erzbischof im Mausoleum erübrigt hatten, gab es für den Erfinder keinen Grund mehr, sich aus den eigenen vier Wänden wegzubewegen. Alles, was er brauchte, versteckte sich hinter diesen Mauern.

Von Knepper war besessen, und zum Denken brauchte er die Isolation; mir hingegen genügten lange Spaziergänge und ein wenig Ablenkung. In jeder auf der Straße aufgeschnappten Unterhaltung konnte ich etwas Interessantes entdecken, vor jedem Plakat musste ich stehen bleiben. Überall wurde ich von Worten umzingelt, und jedem schenkte ich Beachtung. Für mich war die ganze Stadt wie ein dickes Buch, in dem ich die Hinweise für meine nächsten Schritte finden konnte. Und so, die Worte aufgreifend, die mir ohne Versmaß oder Rhythmus begegneten, stieß ich an einer Wand auf die Ankündigung einer Bücherversteigerung.

Unter anderem sollten auch einige Werke aus der Sammlung Tramont verkauft werden. Tramonts Leseeifer war landesweit bekannt und konnte es gut und gern mit dem des Herzogs von La Vallière aufnehmen. Tramonts Bibliothek war so groß, dass er sich ab und an von doppelten Exemplaren oder von uninteressant gewordenen Büchern freimachen musste, um die Zimmer und Flure seines Hauses nicht unnötig zu blockieren. Unterhalb der Ankündigung folgte eine Liste mit den bedeutendsten Werken, die zur Versteigerung kommen sollten. An dritter Stelle wurde *Die menschliche Maschine* von Granville genannt. Dieses Buch war normalerweise extrem schwer zu bekommen. Fabres, von Kneppers Meister, hatte Zeit seines Lebens behauptet, dass es nicht einmal einen Beweis für die Existenz von Granvilles Abhandlung gebe. Ich kann an dieser Stelle versichern, dass sie sehr wohl existierte, denn ich habe die Seiten und Zeichnungen gesehen, mehr noch, ich habe gesehen, wie eine Ausgabe im Wasser der Seine unterging.

Ich riss eine Ankündigung von der Wand und schob sie von Knepper unter der Haustür durch. Alles weitere überließ ich vertrauensvoll dem Schicksal.

Bis zum angekündigten Termin der Versteigerung musste ich fünf Tage ausharren. Von Knepper verließ das Haus in der allerletzten Sekunde, als hätte er bis zum Schluss überlegt, ob er hingehen sollte oder nicht, und machte sich dann eilig auf den Weg zu Tramont. Er lief an mir vorbei, ohne mich zu erkennen. Die Dinge, die ihn interessierten, lagen entweder in der Vergangenheit oder in der Zukunft, und wenn er dazwischen über etwas stolperte, konnte das nichts weiter sein als die schnöde Materie der Gegenwart. Für den Fall, dass von Knepper es sich anders überlegte, ließ ich ein paar Minuten verstreichen, und ging dann zum Haus.

Ich hatte genug Geld dabei, um die Hausangestellte bestechen zu können. Kaum hatte sie mir die Tür geöffnet, fragte ich nach Clarissa.

»Sie müssten doch besser wissen, wo sie ist«, sagte die Frau.

»Warum?«

»Monsieur Laghi hat gesagt, dass Sie sie geholt haben. Sie ist vor sechs Tagen verschwunden, und es gibt keine Spur von ihr.«

Ich glaubte der Angestellten ihre Geschichte nicht und betrat, ohne um Erlaubnis zu bitten, das Haus. Dem Mädchen war das egal; es gab ja niemanden mehr, auf den sie aufpassen musste.

»Wie ist das denn passiert? Hat man sie mit Gewalt weggeschleppt?«

»Es war mitten in der Nacht. Wenn Sie sie nicht entführt haben, dann ist das Mädchen von sich aus gegangen, weil sie genug von den Vorsichtsmaßnahmen ihres Vaters hatte. Seit dem Vorfall tut der arme Monsieur Laghi kein Auge mehr zu. Die ganze Nacht höre ich seine Schritte, von einer Ecke des Zimmers in die andere. Und immer wiederholt er denselben Satz: ›Ich weiß viel über Maschinen und nichts über Menschen.‹«

Die Versteigerung hatte sich verzögert und begann gerade erst, als ich dort ankam. Die Titel stapelten sich zu gefährlich schwankenden Säulen. Da die Leidenschaft für alte Bücher unter den großen Herren erheblich zugenommen hatte, war es nur logisch, den Exemplaren einen antiken Anstrich zu geben. Es war kein Geheimnis mehr, dass Bücher einen Monat vor einer wichtigen Auktion in eine Truhe mit Spinnen aus dem Amazonasgebiet gelegt wurden, damit diese ein dichtes Netz um sie spannen. Und auf keinen Fall durften sie danach sauber gemacht werden. Der Staub, der sich mit der Zeit auf ihnen gesammelt hatte, unterstrich den antiken Charakter der Schätze. Dafür reichte das Datum unter dem Namen der Druckerei nicht aus. Den Sammlern gefiel der Gedanke, dass ein Buch nur eine Sekunde, bevor sie es in den Händen hielten, dem Vergessen entrissen worden war. Entsprechend dicht waren die Staubwolken, die sich jedes Mal bildeten, wenn der Auktionator dem Publikum ein neues Buch vorstellte und für kräftiges Niesen und Husten in den ersten Reihen sorgte.

Im Salon von Tramonts Haus hatten sich die bedeutendsten Sammler von Paris versammelt, nicht zu vergessen einige Agenten aus Antwerpen und Brüssel, die sich in der Menge zu verlieren hofften. Der eine oder andere Sammler stand allein, die meisten allerdings in Grüppchen zu zweit oder dritt beieinander. Obwohl man sie von außen betrachtet für eine Familie halten konnte, warfen sie sich untereinander doch misstrauische Blicke zu – ihre Glaubensgrundsätze waren zu unterschiedlich, und was die einen für einen Segen der Menschheit hielten, war für die anderen Hexerei. Wer sich für die Umschläge der Bücher interessierte, der lachte über denjenigen, der sich für romanische Buchstaben oder die von Isaac Elsevier interessierte; die Spezialisten für Typographie konnten bei anderen die Vorliebe für Vignetten und Bronzegravuren nicht nachvollziehen; auf der Suche nach den lateinischen Klassikern machten sich die Wissenschaftler über Sammler lustig, die sich an den abgegriffenen Seiten der Werke ergötzten – für sie sollte ein Buch am liebsten reiner Geist sein.

Der Auktionator hatte sich *Die menschliche Maschine* von Granville zusammen mit einigen anderen bis zum Schluss aufgehoben. Zu diesem Zeitpunkt war die Hälfte der Käufer schon gegangen. Ein Buchhändler vom Pont Neuf machte ein erstes, lächerlich geringes Gebot. Von Knepper hob die Hand und erntete sogleich eine halbherzige Erwiderung des anderen. Das Spiel ging etwa drei-, viermal hin und her, und von Knepper war im Besitz eines Buches, das er schneller und billiger nicht hätte bekommen können. Es war irgendwann einmal neu gebunden worden, von daher hatte es keinen bibliographischen Wert mehr. Interessant war es allein, weil man es kaum noch fand.

Ich setzte mich neben von Knepper, der kraftlos das Buch in den Händen hielt, das er soeben erstanden hatte. Jetzt, wo es seins war, hatte es jegliche Bedeutung verloren. Als er mich sah, spiegelte sich in seinem Blick nicht, wie ich erwartet hatte, Hass wider, sondern etwas Schlimmeres: Hoffnung. Aus dem Furcht einflößenden Mann war ein alter Greis geworden, der, ohne zu wissen warum, um Verzeihung bat. In der vergangenen Zeit hatte seine Stimme einen flehentlichen Tonfall angenommen. »Wo ist meine Tochter?«

»Ich habe keine Ahnung. Sie wissen nur zu gut, dass ich die Stadt verlassen musste.«

»Wenn Sie es nicht waren, wer war es dann?«

»Mazys Leute?«

»Die haben mich fest in der Hand. Sie brauchen meine Tochter nicht. Außerdem ist sie freiwillig gegangen. Sie könnte jetzt überall in der Stadt sein. Sie weiß nichts vom Leben, sie weiß nicht, wie man arbeitet. Wie soll sie da überleben?«

Die Versteigerung war vorbei. Die Sammler verabschiedeten sich mit ihren Schätzen in den Händen. Ich ging hinter von Knepper hinaus. »Ich werde Ihre Tochter suchen.«

»Und wenn Sie sie finden? Was ist der Preis?«

»Sie machen sich Gedanken um den Preis? Ich dachte, es würde Ihnen ausschließlich um Clarissa gehen.«

»Ich werde nicht akzeptieren, dass Sie für das Auffinden meiner Tochter von mir verlangen, sie Ihnen zu überlassen. Diese Art von Geschäften mache ich nicht. Wenn Sie etwas Geduld haben, kann ich Ihnen maximal anbieten, Ihnen eine Kopie zu bauen.«

»Ich mache mich auf den Weg und suche sie. Über den Preis reden wir später.«

Wir hatten das Ufer der Seine erreicht. Im Licht des Mondes blätterte von Knepper die Seiten durch, sah sich die Gravuren an, betrachtete den Einband.

»Immerhin habe ich Sie zu einem guten Kauf animiert«, sagte ich ihm zum Abschied.

»Meinen Sie dieses Buch? Ich kenne es in- und auswendig. Es interessiert mich nicht im Geringsten.«

»Warum haben Sie dann dafür gezahlt?«

»Um es zu vernichten. Wenn ein Automatenhersteller etwas nicht gebrauchen kann, dann dass diese Art von

Wissen die Runde macht. Es gibt Dinge, die sollten geheim bleiben.«

Er warf das Buch, so weit er konnte, ins Wasser.

Die Halifax

In bewährter Manier versuchte ich Kolm über die Körbe am Gericht zu erreichen. Wieder legte ich ihm eine Nachricht hinein, die sich dann in luftigen Höhen verlor. Darauf wurde ein zerknittertes Stück Papier heruntergelassen, auf dem er mich in dieser Nacht in einen Hörsaal der medizinischen Fakultät bestellte.

Niemand hielt mich auf, weder an der eisernen Eingangspforte noch bei den Säulen. Ich lief einen Korridor hinab, der zunächst in Halbdunkel, später in völlige Finsternis getaucht war. Auf halber Strecke erwartete mich Kolm am Fuß einer Treppe. Um ihn herum hingen die Porträts berühmter Ärzte, und trotz der graubrauen Flecken auf seinem Kittel schien der Ruhm der Mediziner auch auf Kolm abzufärben.

Mit einer Geste gemahnte er mich zu schweigen, und ich folgte ihm über Treppen und Flure, bis wir in einem Saal mit undurchsichtigen Gefäßen, wächsernen Nachbildungen der Anatomie des Gehirns und mit Spinnweben behängten Skeletten ankamen.

Kolm setzte sich an einen langen Tisch, auf dem Dutzende vergilbter Bögen mit minutiösen Skizzen lagen, die man inzwischen aus den Enzyklopädien kannte. Diese Pläne jedoch, deren Ränder und Faltstellen mit der Zeit brüchig geworden waren, waren wirklich alt. Es handelte sich um nahezu gespenstisch detaillierte Zeichnungen von Maschinen, und warum sich jemand diese Mühe mit ihnen gemacht hatte, würde man erst nach einer aufwändigen Untersuchung erahnen können.

Über die Pläne gebeugt und so vertieft in das Studium, schien Kolm mir auf trügerische Weise wie verwandelt.

»Warum haben wir uns hier getroffen und nicht wie sonst auf dem Platz? Was machen Sie bei den Medizinern? Und was sollen diese alten Pläne?«

»Jeder für sich allein schweben wir in Lebensgefahr. Zusammen aber sind wir so gut wie tot. Hier sieht uns niemand, Abt Mazy und seine Kreaturen sind weit weg, und wir können ungestört reden. Sehen Sie sich um: Nichts als altes, vergessenes Zeug. Wer sich dazwischen versteckt, wird ebenfalls vergessen.«

»Es überrascht mich, dass man Sie hereinlässt. Sie sind weder Mediziner noch Student.«

»Einer der Professoren hat mich mit einer Aufgabe betraut, die außer mir niemand erledigen kann. Er will, dass ein für alle Mal Schluss ist mit Exekutionen, die aufgrund eines bösen Fluches in leidvollem Gejammer enden. Deswegen sucht er nach einem Gerät, das so perfekt ist wie der beste Henker und dem Verurteilten das Leben ohne Tränen und Schreie nimmt.«

Ich sah mir die Pläne etwas genauer an und begann zu begreifen: Ein Schwert, das durch einen überdimensionierten Griff zusätzlich beschwert wurde, und auf in die Höhe ragenden Schienen niederfuhr …

»… bis es den Kopf des Verurteilten vom Rumpf getrennt hat«, erläuterte Kolm in einem doktoralen Ton, den ich nicht von ihm kannte. »Ein ungarischer Ingenieur hat diesen Mechanismus erfunden und ihn an seiner Frau ausprobiert. Er hat gesagt, es sei ein Unfall gewesen, aber man glaubte ihm nicht, und so endete er auf die gleiche Weise wie sie. Danach hat man diese Technik nie wieder angewandt.«

Kolm suchte in dem Stapel nach einer anderen Zeichnung.

»Sehen Sie sich die hier an. Der Gefangene wird in eine Metallrüstung gesteckt. Er sieht aus wie ein Krieger in Erwartung der Schlacht. Sein Gegner ist der Himmel. Über die Rüstung empfängt der Verurteilte elektrische Schläge, die von Blitzen über einen Kometen an ihn weitergegeben werden. Der Tod kommt zwar sicher und schnell, aber das Leid ist noch zu groß.«

Eine andere Zeichnung zeigte eine riesige Axt, die über dem Kopf einer Frau pendelte, deren schwarzes Haar ein Eigenleben zu führen schien. Auf der nächsten Abbildung war die Frau enthauptet.

»Ein spanisches Modell, das von der Inquisition im 16. Jahrhundert genutzt wurde. Der Nachteil: Der Axt fehlt der Schwung, und wie schwer sie auch sein mag, trennt sie doch in den meisten Fällen den Kopf nie ganz vom Rumpf. Und jetzt zeige ich Ihnen mein Lieblingsinstrument.«

Diesmal zeigte er mir keinen Plan, sondern eine alte Skizze, die einen Apparat von relativ simpler Bauweise zeigte: nichts weiter als zwei Schienen, die in die Luft ragten, und an deren oberem Ende ein Messer befestigt war.

»Die Halifax-Maschine. Die Engländer setzten sie im 16. Jahrhundert ein, angeblich mit hervorragenden Ergebnissen. Ich habe mich fast schon für dieses Modell entschieden. Sie ist leicht zu bauen: Man braucht ein paar Holzstöcke und ein Messer, und ausreichend Blei, um sicher zu gehen, dass es schnell und mit dem nötigen Gewicht die Schienen hinuntersaust. Wenn es funktioniert, kann man in Zukunft auf einen Henker verzichten. Dann kann jeder x-Beliebige töten. Wirklich bedauerlich: Unsere schöne alte Zunft wird mit ihrem Wissen und ihren Gewohnheiten für immer verschwinden, und an ihre Stelle werden Bürokraten treten, die nur an einer Schnur ziehen müssen. Man wird uns vergessen, genau wie die Kalligraphen.«

Kolm wühlte schon wieder nach anderen Plänen, die er mir zeigen konnte. Ich musste ihn dringend von weiteren Erklärungen abhalten. »Ich bin nicht gekommen, um mir mörderische Erfindungen anzusehen, sondern weil ich einen Rat brauche. Clarissa von Knepper ist verschwunden. Ich habe dem Vater versprochen, dass ich sie finden werde.«

»Und warum haben Sie ihm das versprochen?«

»Ich habe einen bestimmten Auftrag, und dabei kann nur er mir helfen.«

»Schon wieder der Erzbischof? Dann ist es besser, Sie finden sie nicht.«

Kolm suchte hinter der Statur des Hippokrates, versteckt zwischen Behältern mit eingelegten Körperteilen, nach einer Flasche Likör, die er vor mir auf den Tisch stellte. Es war ein sehr süßer und zugleich schwerer Schnaps. »Trinken und vergessen Sie. Ihr Auftrag ist ungesund, und ich brauche einen Assistenten. Ich habe dem Doktor versprochen, dass er seine Maschine in wenigen Tagen hat.«

»Und wie wollen Sie die ausprobieren?«

»An der medizinischen Fakultät gibt es genügend Freiwillige.«

»Ich kann Ihnen mit Ihrer Maschine nicht helfen. Ich bin weit gereist, um eine andere Sache abzuschließen.«

»Wenn die Sache nicht mit Ihnen abschließt. Aber wenn es das ist, was Sie wollen … Bedenken Sie, dass jener Mediziner gut zahlt und, bis jetzt, noch keine nennenswerten Feinde hat. Ihr Auftraggeber dagegen, Voltaire …«

Achselzuckend wandte sich Kolm wieder seinen Plänen zu, und was er jetzt hervorkramte, war eine Karte.

»Das ist ja keine Maschine, das ist Paris«, rief ich aus.

Die Stadt war so groß, so zugepflastert mit Straßen und Namen, dass es schlicht unmöglich schien, in diesem Gewirr etwas so Winziges wie eine Frau auszumachen.

»Auch die Stadt wurde schon als Hinrichtungsinstrument benutzt. Von einer christlichen Bruderschaft, die in Schmuggelgeschäfte verwickelt war. Sie nannten sich selbst die Syrakusaner, und immer wenn ein Mitglied die Sekte verlassen wollte, verurteilten sie es zum Tod, überließen das letzte Wort aber der Stadt. Einer aus der Verbindung übernahm die Rolle des Henkers. Bis Mitternacht wartete er in einem bestimmten Zimmer. Den Verurteilten, der nichts von der jüngsten Entscheidung wusste, schickte man einmal quer durch die Stadt bis in jenes Zimmer. Schaffte er es, den Weg ohne Probleme pünktlich hinter sich bringen, glaubte er, er hätte die Prüfung bestanden, und ihm würde vergeben. Stattdessen schwang der Henker sein normannisches Schwert, kaum dass der Abtrünnige die Tür geöffnet hatte. Wenn aber die Stadt mit ihrem Verkehr und ihren Unwägbarkeiten den Verurteilten aufhielt, ihn auf Umwege schickte und ihn sich verspäten ließ, dann war er gerettet.«

Paläste, Brücken, Kirchen, Friedhöfe. Mein Finger fuhr innerhalb von Sekunden mit derselben Leichtigkeit auch über die verschlafenen Straßen und Gassen, in denen ich sofort umgebracht worden wäre, hätte ich sie nur mit einem Fuß betreten.

»Wo könnte sich in einer Stadt wie dieser eine junge Frau verstecken?«

»Sie beharren darauf, nach ihr zu suchen? Vielleicht wartet auch auf Sie in irgendeinem abgedunkelten Zimmer schon ein Henker, genau wie auf die Opfer der Syrakusaner.«

Nach einer Weile hatte mir der Likör neuen Mut geschenkt. Ich vereinfachte den Stadtplan, radierte Straßen und ganze Viertel aus. Es musste genügen, sich an einer beliebigen Ecke aufzustellen und auf Clarissa zu warten, um sie zu retten, um mich zu retten.

»Suchen Sie in den Klöstern nach ihr«, riet Kolm.

»Dort wird sie niemals Zuflucht gesucht haben. Da bin ich mir sicher. Sie war lange genug eingesperrt.«

»Was hat von Kneppers Tochter im Leben gelernt?«

»Nichts, absolut nichts.« Ich überlegte noch einmal und berichtigte mich: »Es gibt eine Sache, die sie kann: still sein.«

Mit der Flasche in der Hand zeigte Kolm auf Hippokrates.

»Dann fragen Sie die Statuen. Sie kennen das Geheimnis.«

Das Leben der Statuen

In den Kellergeschossen der Kunstakademie stellten sich jeden Dienstag Morgen Modelle vor, die nach Arbeit suchten. Drei große Eisenöfen versuchten vergeblich, den Raum zu beheizen, dessen Kälte weniger von draußen hereinzudringen, als vielmehr von den in der Dunkelheit vergessenen Statuen auszugehen schien. Jene Skulpturen hatten sich, einst stolz ausgestellt, in lästige Staubfänger verwandelt und waren von den Launen der Kunst in die untere Etage verbannt worden. Gelegentlich fand eine Expedition den Weg dorthin: Kritiker oder Künstler, die sich entschieden, einen alten Stil, einen vergessenen Bildhauer ins kollektive Gedächtnis zurückzurufen, und Erzengel, Madonnen sowie griechische Götter ans Tageslicht beförderten.

Die jüngsten Frauen kamen vom Land oder aus dem Ausland, und man hatte den Eindruck, ihre Körper, weit davon entfernt, ihre neue Bestimmung zu schätzen, krümmten sich in der Form eines Fragezeichens. Im roten Schein der Öfen legten sie ihre Kleider ab. Zwar gab es eine rot lackierte und mit Seide bespannte spanische Wand, die aber mochte niemand benutzen, weil die Muster darauf viel unanständiger waren als die Nacktheit der Frauen selbst.

Ich hatte es mit Erfolg geschafft, für einen Künstler auf der Suche nach Modellen gehalten zu werden. Die Frauen posierten vor uns, stellten ihre mal üppigen, mal knochigen Formen zur Schau, und die Künstler fällten ihre Urteile, machten Angebote. Wurde es akzeptiert, gingen die Mädchen mit dem Maler weg.

Fast alle Besucher waren so merkwürdig angezogen, dass man sie für Ausländer hielt, bis auf die Ausländer, die sich alle Mühe gaben, wie Pariser zu wirken. Zu Anfang war jeder Künstler die Treppe allein und verunsichert heruntergekommen, bald aber begannen sie, sich angeregt untereinander, manchmal auch mit den Frauen, zu unterhalten. Wenn sie von ihren jüngsten Aufträgen erzählten, nahm ihre Stimme eine prahlerischen Unterton an. Eine Gemme, sagte der eine, und das war nicht gerade geflüstert, eine Jungfrau für eine Kapelle, betonte der Nächste mit festen, klaren Worten, das Porträt einer Gräfin, brüllte der Dritte. Diejenigen mit Geld kamen schnell zum Abschluss und verschwanden mit der Erwählten; die anderen, die Geschlagenen, kritisierten leise die Frauen, die sich langsam wieder anzogen.

»Ich kann mit einem zu ausdrucksstarken Modell nichts anfangen. Ich brauche jemanden, der das Bild nur andeutet, der noch nicht richtig ausgereift ist«, sagte einer, der mir noch extrem jung vorkam, fast noch ein Kind, das sich alles übergezogen hatte, was ihm gerade in die Hände gefallen war.

»Sie hätten Ihr Modell also gern ein bisschen verschwommen, so als wenn Sie betrunken wären, mein lieber Arsit!«, erwiderte sein Freund, ein großer Mann mit wahren Pranken, der während er sprach, heimlich Skizzen anfertigte. So profitierte er von den Modellen, ohne ihnen auch nur eine Münze zahlen zu müssen, aber seine Hände waren so riesig, dass es unmöglich war, sein Treiben zu übersehen. »Sehen Sie sich die da drüben an, die mit den roten Haaren – sie wäre eine ideale Gorgo.«

»Im vergangenen Jahr hatten sie ein bisschen mehr auf den Rippen, Gravelot.«

»Im vergangenen Jahr waren Sie noch gar nicht geboren.«

Arsit überging die spitze Bemerkung und versuchte, seine Stimme dunkler klingen zu lassen. »Die können ja keine Sekunde still halten. Merken Sie das, Gravelot? Ich möchte nicht wissen, was Mattioli sagen würde, wenn er hier wäre.«

Ich fragte, wer Mattioli sei.

»Guido Mattioli, der Bildhauer. Haben Sie noch nie von ihm gehört? Woher kommen Sie?«, fragte der junge Mann fast empört. »Anstatt sich hier totzufrieren, sollten Sie mal sein Buch lesen: *Das Leben der Statuen.* Bis Sie das nicht getan haben, werden Sie nichts von Modellen verstehen. Mattioli ist furchtbar anspruchsvoll, wenn es an die Auswahl seiner Musen geht. Er erträgt auch die leiseste Regung nicht.«

»Um sie auf die Probe zu stellen, bestreicht er ihre Brüste mit Honig und lässt einen Schwarm Bienen auf sie los. Ein echtes Modell sollte fähig sein, sich davon überhaupt nicht irritieren zu lassen«, ergänzte Gravelot, ohne den Stift niederzulegen. Die restlichen Frauen hatten seine Strategie schließlich durchschaut und beeilten sich, fertig zu werden.

»Bevor eine Frau für einen Bildhauer arbeitet, sollte sie sich einmal in eine Statue verwandelt haben«, erklärte Arsit. »Mattioli schreibt in seinem Buch: Einer Statue muss man die Essenz des Weiblichen entreißen, um später der Frau zu entreißen, was sich im Marmor verbirgt.«

»Wo kann ich Mattioli finden?«, fragte ich.

»Möchten Sie Unterricht nehmen? Er gibt keinen Unterricht.«

Der kindliche Maler lächelte mich überheblich an. Es gefiel ihm offensichtlich, vor anderen mit seinem Wissen prahlen zu können.

»Es würde mir reichen, ihn bei der Arbeit beobachten zu dürfen.«

»Ich habe ihn noch nie gesehen, aber es heißt, er wohne in einem Haus am Ende der Rue des Cendres. Ab und an finden dort Künstlerparaden statt. Man geht von hier aus los, läuft am Fenster seines Arbeitszimmers vorbei, ohne dass sich jemand trauen würde, an die Tür zu klopfen, und dann verstreut sich die Menge wieder in alle Winde. Wie oft hast du daran teilgenommen, um ihn zu sehen, Gravelot?«

»Dreimal. Beim ersten Mal hat Mattioli uns mit Wasser bespritzt, beim zweiten Mal mit Steinen nach uns geworfen, und beim letzten mit einer toten Ratte.«

»Und Sie, Arsit? Haben Sie keine Lust, ihn mit eigenen Augen zu sehen?«

»Wenn ich Ihnen einen guten Rat geben darf«, entgegnete der kindliche Maler bedeutsam, »sollten Sie ein Ideal haben, dann versuchen Sie niemals, es von dem Sockel zu holen, auf dem es steht.«

Wir waren die Letzten. Gravelot, nicht nur mit großen Händen, sondern auch mit enormen Füßen ausgestattet, stieg schwerfällig die Treppe hoch. Arsit blieb allein zurück.

»Und Sie? Kommen Sie nicht mit?«, rief ich ihm zu.

Statt mir zu antworten, drehte er sich um und verlor

sich zwischen einem Löwen und einer Jungfrau, die Beine und Arme ins Leere streckten.

Gravelot fasste mich am Arm. »Lassen sie ihn. Arsit lebt hier. Seine Eltern haben ihn verlassen, als er noch ein Baby war, und dann ist er hier zwischen den Statuen aufgewachsen. Er verlässt den Keller nur selten. Manchmal bringe ich ihm einen Teller mit etwas zu essen und stelle ihn ihm auf den Treppenabsatz, wie einer kleinen Katze. Immer wenn ich dienstags die Stufen hinabsteige, zittere ich innerlich, weil ich fürchte, ihn genauso kalt vorzufinden wie alles, was ihn umgibt. Er hat noch nie etwas gemalt oder modelliert, aber er lebt für die Kunst.«

Jenseits der Welt der Skulpturen pulsierte das Leben in Paris wie eh und je. Die Straßen waren voller Passanten, die fortwährend die Richtung änderten, als hätten sie sich plötzlich an etwas erinnert, das sie dringend erledigen mussten. Die Bäume wiegten sich, obwohl es windstill war, und selbst die Häuser bebten im Takt der Kutschen. Gleichwohl, je näher ich der Rue des Cendres kam (die Straße schuldete ihren Namen einer alten Ziegelei, auf die das verrußte Pflaster früher deutlich hingewiesen hatte), desto weniger Leute waren unterwegs, und alles war nur noch grau, einsam und verlassen. Ich kam an einem toten Bettler und an einem schlafenden Pferd vorbei. Mattiolis Haus am Ende der Straße war eines von den Gebäuden, die man in Träumen sieht, ohne sie je von innen kennen zu lernen, weil man jedes Mal aufwacht, sobald man die Tür berührt. Auf Bodenhöhe entdeckte ich ein Fenster. Ich legte mich flach auf die Erde und spähte durch das schmutzige Glas direkt in Mattiolis Werkstatt. Die Werkzeuge lagen auf dem Fußboden verstreut; im hinteren Teil des Raumes stand ein vergoldeter Paravent. Überall flogen Skizzen mit Ausschnittszeichnungen des Modells herum. Der Bildhauer arbeitete an einem Marmorblock, in dem sich bereits die Umrisse einer Frau erkennen ließen.

Und auf einer Seite stand, vollkommen, vollkommener noch als die Kopie, die ihr Vater geschaffen hatte, nackt und fahl Clarissa. Mit der einen Hand fest auf eine Lanze gestützt, hielt sie im anderen Arm einen vergoldeten Helm. So reglos war sie, dass im Kontrast zu ihr die andere, die aus Marmor geborene Figur, zu leben schien.

Ein weißes Blatt Papier

Von Knepper stand über einen winzigen Mechanismus gebeugt. Es sah aus wie ein Musikinstrument: Zwischen Glasstiften waren hauchdünne Fäden gespannt, die bei der kleinsten Berührung Töne von sich gaben. »Wir müssen nach anderen Möglichkeiten suchen, um die Automaten zum Sprechen zu bringen. Die menschliche Stimme ist mit ihren Stimmbändern extrem schwer zu imitieren. Schon bei der geringsten Abweichung hören sich die Töne leblos an. Es kommt der Tag, und ich verschreibe mich doch der Zauberei. Ich habe gelesen, Hermes Trismegistos sei es gelungen, eine so perfekte Statue zu entwerfen, dass sie quasi automatisch zum Leben erwachte.«

»Eine Statue, die Leben annimmt, wird es eines Tages auch wieder verlieren.«

»Vielleicht mussten die ägyptischen Weisen zusehen,

wie ihre Statuen krank wurden und starben, und haben deswegen aufgehört, sie zu bauen. Wer weiß? Am Ende verwandelten sich die Kreaturen wieder in einfache Statuen, wenn auch in scheußliche. Oder sie landeten zerbröckelt und zerschlagen in irgendeiner Ecke.«

Ich nahm mir eine Hand vom Tisch und probierte sie aus. Die Knochen waren aus Ebenholz, die Gelenke aus Gold.

»Ich habe Clarissa gefunden«, sagte ich beiläufig.

Als wäre schon die bloße Nennung des Namens eine Bedrohung, legten sich von Kneppers Hände um meinen Hals, noch bevor ich den Satz beendet hatte. Er drückte fest zu, wie ein Profi, und ich versuchte vergeblich, Atem zu schöpfen, um noch etwas sagen zu können. Wir rangen miteinander, wälzten uns auf dem Tisch; dabei fiel die winzige Harfe und künftige Kehle auf den Boden und gab beim Aufprall einen merkwürdigen Laut von sich, der sich wie tierisches Heulen anhörte. Dieses Jaulen konnte von Knepper nicht ertragen, und er ließ mich los. Ich flüchtete mich in eine Zimmerecke.

»Ich habe sie nicht in meiner Gewalt, aber ich weiß, wo sie sich versteckt. Ich bringe sie heute an einen sicheren Ort.«

»Glauben Sie etwa, ich werde stundenlang tatenlos hier herumsitzen und darauf warten, dass Sie …«

»Keineswegs tatenlos. Ich habe eine Aufgabe für Sie.« Ich zog ein zerknittertes Stück Papier aus meiner Tasche. Die Dokumente, die für das Schicksal eines Landes verantwortlich sind, geheime Schriftstücke, die für den einen den Thron, für den anderen das Schafott bedeuten, werden nicht sorgfältig in einen Umschlag gesteckt und mit Briefmarken beklebt bei der Post abgegeben. Nein, Informationen von dieser Tragweite stehen auf zerfledderten, vom Regen durchnässten Blättern, die irgendein unwichtiger Mensch zusammen mit ein paar Münzen, einem Taschenmesser und einem Stückchen Brot in seiner Hosentasche vergraben hat.

»Das ist der Text für den Brief an den Bischof. Übermorgen werden sich die drei Abgesandten aus Rom mit ihm treffen.«

»Ich weiß davon. Ich habe die Anweisung erhalten, die letzte Feinabstimmung vorzunehmen.«

»Und hier steht, wie diese Feinabstimmung aussehen soll.«

Von Knepper las sich das Papier durch.

»Sie sind verrückt. Wenn der Bischof das schreibt, ist Ihr Schädel sein Tintenfass und mein Blut die Tinte.«

»Ich bin mir der Gefahr durchaus bewusst, aber wenn Sie Ihre Tochter wiedersehen wollen, ist das Ihre einzige Chance.«

Niedergeschlagen las von Knepper den Text wieder und wieder durch. Vielleicht war es zu guter Letzt gar nicht seine Tochter, die die Entscheidung für ihn traf, sondern die Botschaft selbst: Wie man es auch drehte und wendete, immerhin sagte sie die Wahrheit.

»Wenn der neue Text einmal geschrieben ist, dürfen Sie sich nicht zu Hause blicken lassen, zumindest nicht, so lange Abt Mazy an der Macht ist.«

»Ich weiß, wo ich mich verstecken kann. Ich habe mein Leben lang unter falschem Namen irgendwelche Wohnungen angemietet und sie nach drei Monaten wieder verlassen. Und was wird aus meiner Tochter?«

Ich legte ihm ein weißes Blatt hin.

»Sie ist hier.«

Er nahm das Blatt, drehte es um, und als er sah, dass auch diese Seite leer war, schleuderte er es mir ins Gesicht. Ich gab es ihm zurück.

»Das ist unsichtbare Tinte. In gut vierzig Stunden wird die Nachricht von ganz allein auftauchen. Sparen Sie es sich, das Blatt mit Schwefel, Alkohol, Salpeter oder sonst einer Substanz, die Ihnen in den Sinn kommt, zu bearbeiten, denn in dem Fall hätten Sie am Ende kaum mehr als einen unleserlichen Klecks vor sich. Erfüllen Sie Ihr Versprechen, und das Geheimnis lüftet sich.«

Nachdem ich von Kneppers Haus verlassen hatte, lief ich in Richtung Seine und fragte in einer Buchhandlung leise nach einem Exemplar von *Die Nachricht des Erzbischofs.*

»Alle weg«, sagte der Verkäufer. Es war schwer zu entscheiden, ob er die Wahrheit sagte oder ob er fürchtete, ich sei ein Spitzel der Justiz.

Die erste Botschaft Voltaires war demnach schon gedruckt und ging in der Stadt von Hand zu Hand. Die zweite würde ebenfalls bald in eine Eisenplatte gestanzt sein, um das Gedächtnis des Bischofs mit zweiundvierzig Worten zu füllen.

Hammer und Meißel

In Mattiolis Studio standen zwei Statuen. Eine hatte die gleichen Züge wie Clarissa; die andere war mit einem grauen Leinentuch bedeckt. Mattioli saß zusammengesunken auf einem Stuhl; das geflickte Hemd, das er trug, betonte seinen armseligen Anblick nur noch. Kolm hatte Hammer und Meißel auf Schulterhöhe angesetzt, und mit leichten Schlägen klopfte er kleinere Bröckchen Marmor ab.

»Wo ist sie?«

»Sie hat für mich gearbeitet, aber dann ist sie einfach verschwunden, ohne mir ein Wort zu sagen.«

Kolm schlug erneut gegen den Stein, diesmal ein bisschen kräftiger. Er hatte zunächst an den äußeren Enden des Steinblockes angefangen, nun aber näherte er sich langsam dem bereits modellierten Gesicht der Statue.

»Niemals zuvor habe ich ein vergleichbares Gesicht zu Stande gebracht. Das Mädchen ging, und das Einzige, was ich noch von ihr habe, ist das da.«

Kolm schien vergessen zu haben, dass er den Stein nur behauen sollte, um Mattioli einzuschüchtern – zumindest hatte er einen unübersehbaren Spaß an der Arbeit entwickelt. Mich machte das etwas nervös, aber ich beschloss, mir den Eifer des Henkers und damit den Schrecken, den er auslöste, zu Nutze zu machen.

»Es heißt, in jedem Marmorblock gebe es einen schwachen Punkt, von dem die Existenz des Steins abhänge. Wenn man dort den Meißel ansetzt, bricht das Gestein auseinander. Wie lange wird mein Freund wohl brauchen, bis er auf ihn stößt?«

Kolm zielte mit seinem nächsten Schlag auf das unsichtbare Herz der Statue. Mir stockte der Atem, und ich dachte, dass damit die Vollstreckung vollzogen wäre. Mattioli blieb reglos sitzen. Als er weitersprach, hatten seine Worte diesen leisen, ernsthaften Klang eines Menschen, der alles verloren oder alles gewonnen hatte.

»Ich hatte schon viele Modelle, aber keins von ihnen konnte so ruhig sitzen. Immer gab es die Hand, die eine Fliege verscheuchte, die Augen, die Gott weiß was im Fenster suchten. Die Langeweile, die Nerven, die Müdigkeit. Sie alle glaubten, sie würden sich nicht rühren, aber ich nahm diesen stillen Tanz wahr, erst der Fuß, dann der Ellbogen, und wenn sie sich Gedanken über ihre Nacktheit machten, war es der schnelle Atem, der für einen zusätzlichen Herzschlag sorgte. Und dann fand ich *sie*, unten im Keller der Akademie, versteckt zwischen den anderen. Meine Kollegen, diese Hungerleider, haben sie nicht wahrgenommen, weil sie nicht gucken können. Jahrelang habe ich nach ihr gesucht. Ich habe sogar ein Buch zu Ehren ihrer Abwesenheit geschrieben. Und nun ist sie einfach wieder verschwunden.«

Auch wir hatten bereits alles nach Clarissa abgesucht, das ganze Haus hatten wir auf den Kopf gestellt, selbst den Keller und den Dachboden. Dabei war das kein leichtes Unterfangen gewesen, nicht nur, weil uns die unvollendeten Skulpturen und Bilder den Weg versperrten, sondern auch diverse Instrumente, mit denen Mattioli seinen Inbegriff der Ruhe verfolgt hatte. Je länger unsere Suche dauerte, desto leutseliger sprach der Künstler, nicht ohne Stolz, über die spezifischen Eigenheiten seiner Sammlung. Er zeigte uns Musiktruhen, deren Melodie eine vorübergehende Starre beim Zuhörer auslöst, einen mit Fesseln und Metallklammern aufgerüsteten Stuhl, Gefäße mit Betäubungsmitteln, dank deren wir unsere Suche fast hätten abbrechen können, denn die giftige Wolke hatte sich im ganzen Dachboden ausgebreitet. In einer Ecke stießen wir auf eine eiserne Rüstung mit Lamellen, durch die hindurch wir noch Stücke des Opfers sehen konnten. Spitze Bronzestachel auf Höhe der empfindsamsten Körperteile sorgten dafür, dass es sich nicht bewegte.

Es blieb nur noch ein Ort, an dem sie sein konnte. Ich rannte zur zweiten Statue und riss das graue Leinentuch herunter, das sie verhüllte. Kolm hatte sie sich vorher schon einmal angesehen, sie jedoch mit einer echten Statue verwechselt. Clarissas Haltung war unverändert, nur dass sie jetzt ohne Lanze und Helm dastand. Ich küsste ihre Lippen, und erst in dem Moment störte es mich, dass sie in ihrer Nacktheit auch den Blicken der anderen ausgesetzt war. Hinter einer spanischen Wand fand ich zwischen Staffeleien und eingerollten Leinwänden Kleidung, die vielleicht sogar ihr gehörte. Schweigend zog ich sie an. Als sie erwachte, sah sie sich fragend und orientierungslos im Raum um, und ich hoffte, dass ihr Gedächtnis die Zusammenhänge wiederherstellen würde.

Clarissa ging auf die halb fertige Statue zu und strich ihr mit den Fingern über das Gesicht.

»Habe ich meine Arbeit gut gemacht, Mattioli?«

»Besser als jede andere zuvor. Nur leider werde ich sie nicht fertig stellen können.«

»Dann werden wir erst recht nicht zu unterscheiden sein. Ich bin auch nicht fertig.«

Ich fand keinen Mantel, also bedeckte ich sie mit meinem Umhang. So verließen wir das Haus von Mattioli. An irgendeinem Punkt des Weges verlor sich Kolm stillschweigend. Oder vielleicht sagte er sogar ein Wort zum

Abschied, aber ich hörte es nicht, weil ich nur Augen für Clarissa hatte. Eine Kutsche brachte uns auf Umwegen zur Akademie – eine Vorsichtsmaßnahme, falls Mattioli uns gefolgt war.

Ich musste mehrmals klopfen, bevor die Tür sich öffnete. Ich hatte Arsit aus dem Tiefschlaf gerissen, und der kindliche Maler erkannte mich nicht.

»Arsit, das hier ist die Freundin, von der ich Ihnen erzählt habe. Passen Sie gut auf sie auf, bis ihr Vater, Monsieur Laghi, kommt, um sie zu holen.«

Ich legte ihm die Summe auf den Tisch, über die wir uns an diesem Nachmittag verständigt hatten. Genauso gut hätte ich Arsit auch betrügen und ihm eine kleinere Summe geben können, denn er schien nicht die geringste Ahnung vom Wert des Geldes zu haben, aber ich hatte Mitleid mit dem kindlichen Maler.

»Ich werde die Zeit nutzen, und ihr etwas über Kunst erzählen. Ich werde ihr die Geschichte jeder Statue erklären. Und ich will auch nichts dafür haben.«

Clarissa war erneut aufgewacht.

»Warum haben Sie mich hierher gebracht?«

»Sie sollten das Gebäude nicht verlassen, bis Ihr Vater kommt. Die Leute des Abtes werden Sie bald suchen.«

»Warum? Was hat mein Vater getan?«

»Noch nichts, aber das wird sich in Kürze geändert haben.«

»Ich habe einmal gedacht, dass Sie mich den Händen meines Vaters entreißen wollen, um mir die Freiheit zu schenken. Stattdessen wollen Sie mich nun an ihn ausliefern. Nennen Sie das etwa Liebe?«

Um uns herum schwoll langsam ein Gesang an, den

die Statuen angestimmt hatten und der sich anklagend gegen mich zu richten schien. Finger und Schwerter zeigten auf mich. Als würde man von ihm eine gewisse Empörung verlangen, runzelte Arsit schweigend die Stirn, obwohl er die ganze Veranstaltung gleichzeitig mit jener Art von Überdruss verfolgte, den Kinder angesichts der unverständlichen Probleme der Erwachsenen entwickeln.

Clarissa verlor sich zwischen den Statuen, stumm, als würde sie ihren Platz gut kennen, als würde sie in das Land ihrer Geburt zurückkehren.

Arsit sah mich mit großen Augen an und war mit der Verantwortung offensichtlich etwas überfordert. Er zählte das Geld nach, zumindest tat er so, schlüpfte dann in die ihm zugewiesene Rolle als König der Unterwelt und befahl mir ausladender Armbewegung zu verschwinden.

Die verschlossene Tür

Die hundert Exemplare, die Hesdin gedruckt hatte, waren unter den Buchhändlern des Pont Neuf schnell vergriffen. Sie hatten ihre besessene Leserschaft, die ständig auf der Suche nach verbotenen Wörtern war. Höchstes Ansehen erfuhren sie im Schein der Flammen, denn damit stiegen Rätselhaftigkeit und Preis der Werke. Die Mehrzahl dieser Leser waren von der Kirche oder der Polizei bezahlte Spitzel, die sich der Texte bemächtigen und sie gründlich studieren sollten. Doch auch die unschuldigen Leser verschafften sich gern einen Platz in ihren Reihen, da es ihnen einen ungehinderten Zugang zu den Büchern garantierte, nicht zu vergessen das Geld, um sie zu kaufen. Als Gegenleistung mussten sie zuweilen einen Titel auf den Index setzen lassen.

Seit Erscheinen der Enzyklopädie war die Zahl der Geheimagenten sprunghaft angestiegen. Sie waren die Ersten, die sich auf jede Neuerscheinung stürzten und sich die Exemplare gegenseitig aus den Händen rissen. Dabei kannten sie sich untereinander nicht. Jeder glaubte von sich, der einzige Spion in einer Welt voller Schafe zu sein. Einige der Leser folgten der Geheimschriftenlehre von Athanasius Kircher, und sie waren in der Lage, in einem Text jede versteckte Botschaft herauszufiltern; andere interpretierten das geschriebene Wort als politische Allegorie, und die Intelligentesten und Subtilsten von ihnen, jene, die über die Komplexität des Intellekts zur Unschuld gelangen wollten, hielten sich ausschließlich an die buchstäbliche Bedeutung. Doch ob sie nun jener Schule anhingen oder einer anderen, eine verborgene Wahrheit fanden sie alle.

Die Jesuiten beherrschten die buchstäbliche Interpretation am besten, die übrigens die langwierigste und mühsamste war. Darauf vertrauend, dass ein Angriff auf die Dominikaner ihre Position stärken würde, brachten sie ihre Version von *Die Botschaft des Erzbischofs* in Umlauf. Zu diesem Zeitpunkt wusste ich noch nicht, welche Odyssee der Aufsatz hinter sich hatte, den ich hatte ins Reine schreiben müssen. Ich glaubte, er wäre wie so viele Bücher, die täglich in Paris gedruckt wurden, einfach in dem Moloch untergegangen. Der Glanz dieser Bücher erstrahlte einmal in einem Gespräch oder auf einem Fest, und dann verschwanden sie einfach, ohne dass man das Holz des Scheiterhaufens erst hätte anzünden müssen.

Ich ging zunächst am Eingang der Pension Zum Fisch vorbei und vergewisserte mich, dass mich niemand dort erwartete. Wenn von Knepper sein Versprechen eingelöst hatte, dann war zu dieser Stunde die andere Nachricht, dieses kurze Bekenntnis, bereits in die Metallplatte gestanzt und hatte das Gedächtnis des Automaten erobert. Ich drehte eine Runde um den Block, und tatsächlich entdeckte ich einen von Mazys Männern, der sich als Blinder getarnt hatte und den Passanten, die ihm aus dem Weg zu gehen versuchten, seine Hand mit den langen gelblichen Fingern entgegenstreckte. Erschöpft vom langen Warten hatte er sich so in seine Rolle hineingesteigert, dass er den Fußgängern weiß der Himmel welche Flüche ins Ohr zischte und sie mit seinem Stock bedrohte. An dessen Spitze steckte ein dünnes Blatt Papier, das an die Nächstenliebe appellierte. Als Spion war er eine Niete, als Bettler aber ausgesprochen erfolgreich, und die Stunden des Wartens dürften ihm die Taschen gut gefüllt haben. Wie ein Kind, das nicht gesehen werden will, machte ich mich mit geschlossenen Augen davon. Die nächsten Stunden streifte ich ziellos durch die Stadt, nicht wissend, wo ich die Nacht verbringen sollte, die sich näherte, die Nacht, die über mir hereinbrach, die Nacht, die gleich wieder enden würde.

Im Morgengrauen führten mich meine Schritte fast ohne mein Zutun zur medizinischen Fakultät. Vielleicht war Kolm ja noch dort und arbeitete an seiner Maschine. Die Gittertür stand offen. Als ich den menschenleeren Korridor betrat, hörte ich von weitem das Klimpern von

Schlüsseln. Dieses Geräusch flößte mir solche Angst ein, dass ich es auf meine Einbildung schob, und die Gefahr, in der ich zu schweben glaubte, als Hirngespinst abtat.

Die Tür zu dem Raum, in dem Kolm nach seiner perfekten Maschine forschte, war verschlossen, aber es fehlte nicht an Schlüsseln, um sie zu öffnen – Signac und sein vermeintlich blinder Gefährte waren ja bei mir. Signac hielt mir eine Lampe vor das Gesicht, während der andere mit seinem Stock meinem Hals gefährlich nahe kam.

»Im Laufe eines Lebens öffnen und schließen wir Türen, ohne uns über die Konsequenzen Gedanken zu machen«, sagte Signac. »Aber es ist wie in den Märchen. Die eine Tür führt zum Schatz, die andere in die Höhle des Löwen.«

Er gab mir einen Schlüssel. Ich wusste, dass etwas Schreckliches geschehen würde, sobald ich die Tür geöffnet hatte und erinnerte mich an die Geschichte der Syrakusaner: Vielleicht stand ich jetzt vor dem Zimmer, in dem mich der Henker erwartete.

Der Schlüssel drehte sich geschmeidig im Schloss. Um die Tür aufzustoßen, musste ich etwas kräftiger drücken, denn zwischen Holz und Rahmen war ein Seil geklemmt. Schließlich aber gab sie nach, und das Seil rutschte weg.

Ich hörte das Pfeifen des Messers und dann den Schlag. Ich weiß nicht, ob Kolm seine Maschine letzten Endes an einem Körper aus der medizinischen Fakultät ausprobiert hatte, aber dieses Mal funktionierte sie anstandslos. Die Schneide glitt die geschmierten Schienen hinab und sorgte für einen sauberen Schnitt. Der Kopf rollte über den Holzfußboden bis zu meinen Füßen. Kolms Augen waren noch geöffnet.

Signac hob die Lampe hoch, und ich konnte sehen, dass die Maschine der Zeichnung der Halifax bis ins Detail entsprach. Der Körper war auf einer langen Bank festgebunden. Er war frisch rasiert, und jemand hatte den Hemdkragen abgeschnitten, damit das Messer leichteres Spiel hatte.

»Wissen Sie, was Kolm gesagt hat, als ich ihm von meinem Plan erzählte?« Signac schubste mich zurück in den Flur. »Heutzutage kann jeder x-beliebige Henker werden.«

Erleichtert, diesem blutigen Ort entkommen zu sein, atmete ich auf. Der falsche Blinde ging vor uns, der Mann mit den Schlüsseln hinter mir, jede Tür sorgfältig abschließend, an der wir vorbeikamen.

Silas Darel

Wir durchquerten die Haupthalle mit ihren stacheligen Pflanzen, deren blaue Blätter die Kalligraphen für ihre Schreibübungen nutzten. In der Mitte der Halle gab es zwei tiefe Becken aus schwarzem Marmor. Im Wasser schwammen Störe, Tintenfische und Exemplare einer anderen Spezies umher, die manchmal vom Grund des Bassins aufblitzten. Sie alle dienten den Dominikanern zur Produktion von Tinte. Der Hüter der Schlüssel und der falsche Blinde führten mich ohne Eile weiter über Flure und Treppen.

Wir betraten den Saal für Kalligraphie. In der Bibliothek standen Bücher so groß wie Särge, und in den Schränken und Regalen fand sich eine Sammlung von

Gefäßen und Federn, die ich nie zuvor gesehen hatte. Die unterschiedlichen Gerüche der Tinte vermischten sich in diesem abgeschlossenen Raum, und zwischen den Behältern, die die Form eines Turmes, eines Sterns, eines Kreuzes hatten, machte ich auch einen Totenschädel aus, der als Tintenfass diente. Manche der Federn waren so groß, dass man sich kaum den Vogel vorstellen konnte, dem sie ausgerissen worden waren. Meine beiden Wärter verschwanden nun und entließen mich in eine zweifelhafte Freiheit. Auf der Suche nach Darel spähte ich in jeden Winkel, bis ich eine kleine Kammer entdeckte. Um sie zu betreten, musste ich den Kopf einziehen und ein paar Stufen hinabsteigen.

Darel schrieb an einem Text und schenkte mir keinerlei Beachtung. Seine Hände waren so weiß und fein, dass es den Anschein hatte, sie könnten bei einer unvorhergesehenen, abrupten Bewegung brechen. Die langen Fingernägel wirkten wie Plättchen aus Marmor. Darel konzentrierte sich auf jede Linie, die er langsam und kraftvoll niederschrieb und den Wörtern so eine endgültige Einzigartigkeit verlieh. Gleichzeitig wurde diese von den Schatten relativiert, die seine Hand auf das Papier warf, denn auch dieses Zusammenspiel war noch eine Art Schrift, die bedeutete: Für jedes Wort, das aufgeschrieben wird, werden soundso viele unterdrückt.

Sein Schweigen umgab ihn wie eine gläserne Mauer. Ich habe einmal gehört, dass die Konzentration eine Form des Betens sei; wenn das stimmte, dann war dieser Mann absolut vertieft in sein Gebet. Das Licht, das durch ein kleines Fenster drang, streifte auch ein venezianisches Tintenfass. Es war gefüllt mit Blut.

Ich versuchte zu sehen, was er schrieb, suchte meinen Namen zwischen den roten Wörtern. Doch die Antwort lag nicht vor mir. Sie kam von hinten.

»Er schreibt unsere Geschichte«, sagte er Abt, der den Raum unbemerkt betreten hatte. »Aber er muss sich nicht den üblichen Zwängen eines gewöhnlichen Historikers unterwerfen und darauf warten, dass die Dinge geschehen. Die Vergangenheit hat er schon aufgeschrieben, jetzt kümmert er sich um das, was kommen wird. Unsere Gegner haben die Enzyklopädie und den festen Willen, alles zu erklären. Wir haben die Kalligraphie und die Pflicht, die Welt in ein Rätsel zu verwandeln.«

Wie aus weiter Ferne erklang Glockengeläut. Der Abt entfaltete ein Blatt Papier vor mir.

»Ich möchte, dass Sie Ihre Beichte aufschreiben. Wer Sie geschickt hat und warum. Jedes einzelne Wort sollte in Ihrem eigenen Interesse der Wahrheit entsprechen. Der Meisterkalligraph hört nicht, er sieht nur. Und er ist in der Lage, das Zögern eines Lügners in seinen Linien zu erkennen. Sollte das passieren, wird sich seine Feder in Ihren Hals gebohrt haben, bevor Sie sie auch nur auf sich zukommen sehen. Ich bedauere, der Prüfung nicht beiwohnen zu können, aber mich erwartet die Delegation aus Rom.«

Er stellte mir ein kleines Tintenfass hin und drückte mir eine Feder in die Hand. Dann beeilte er sich, den Raum zu verlassen, der von dem Hüter der Schlüssel bewacht wurde. Der falsche Blinde schien verschwunden zu sein. Darel holte aus einer Kiste eine spitze Feder heraus, die so scharf war, dass sie jedes Papier durch bloßes Streifen zerschnitten hätte.

Langsam und mit Bedacht begann ich, die Wahrheit aufzuschreiben. Ich fragte mich, wessen Blut das wohl sein mochte, das mir als Tinte diente, und zögerte den Moment hinaus, Voltaires Namen aufzuschreiben. Darel, der sich den Text nicht durchlas, sondern nur auf die Buchstaben achtete, musste etwas gemerkt haben, denn plötzlich wurde ich von seiner Feder angegriffen und im Gesicht verletzt. Der Schmerz zwang mich zu einer Pause. Ich suchte nach einem Taschentuch, und als ich es wieder von der Wange nahm, hatte es einen eigentümlichen Fleck …

Ich spürte kein großes Verlangen nach einer zweiten Attacke. Was also konnte so unzweifelhaft wahr sein, dass Darel mich nicht erneut angriff? Ich erinnerte mich, wie wir in de Vidors Schule immer heimlich seinen Namen geflüstert hatten. Schließlich war ich der Legende also doch noch begegnet. Und die Legende sollte mich töten. Langsam, so langsam wie ein Automat, schrieb ich den Text nieder, den in diesem Moment auch der Bischof vor den Augen Roms zu Papier brachte.

> Versuchen Sie nicht, an diesen Händen den Bischof zu erkennen …

Hieroglyphen

Die Abgesandten aus Rom hatten die Interpretation von *Die Botschaft des Erzbischofs* gelesen, und sie hatten sich gut darauf vorbereitet, sie zu verstehen. Der Geleitschutz, mit dem sie beim Schloss angekommen waren, bestand aus fünfundzwanzig Mann. Als das Signal ertönte, als von Kneppers Kreatur die zweiundvierzig auf Ferney ersonnenen Wörter niederschrieb, baten sie um keinerlei Erklärungen:

> Versuchen Sie nicht, an diesen Händen den Bischof zu erkennen.
> Ich liege in einem namenlosen Grab,
> ohne Purpur und ohne Zepter,
> weil ein Verräter meinen Platz eingenommen hat.
> Bis heute schrieb der Abt meine Worte.
> Dieses Mal jedoch spreche ich für mich.

Ich konnte den entfernten Tumult hören und sah durch das Fenster, wie die Mönche vor den römischen Soldaten flohen. Die Türen, die sich öffneten oder schlossen, riefen leise nach Signac, dem Mann der Schlüssel. Der Wächter begriff, dass er seiner Pflicht andernorts nachkommen musste, und erfüllte sie treu bis zum Schluss.

Darel interessierte sich nicht im Geringsten für die Ereignisse, die sich draußen abspielten, sondern nur für die Mission, mit der man ihn beauftragt hatte. Ich bewunderte seine schier grenzenlose Konzentrationsfähigkeit. Nicht ein einziges Mal wandte er den Kopf zum Fenster. Es war ihm alles egal. Er schrieb.

Dort unten, in dem geometrisch angelegten Garten, zerstörte der Mann mit den Schlüsseln, dessen Kleidung blutig war, jede Symmetrie. Schwankend verteidigte er sich gegen vier Gegner, deren Dolche ihn bereits gezeichnet hatten. Einen von ihnen konnte er umbringen, doch bei dem Todesstoß verlor er seine Waffe und beinahe auch seine Hand. Als er schon überwältigt schien, zog er unter seiner Weste zwei außergewöhnliche Schlüssel hervor, die zu wer weiß welch unglaublichen Türen gehörten. Ans Öffnen gewöhnt, spalteten sie zwei Schädel. Der einzige Feind, der noch auf den Beinen war, warf sich nun auf den Hünen, der über einen der toten Widersacher stolperte und in das schwarze Becken fiel.

Signac versuchte, sich von dem Gewicht zu befreien, das ihn nach unten zog, aber die Schlüssel wollten kein Ende nehmen; als er sich von denen für die Haupttüren freigemacht hatte, blieben die der Untergeschosse, nicht zu vergessen die für die großen Türen zu den Gärten, der zur Kapelle, zu den geheimen Kammern, zum Museum des Ordens, zu den Katakomben, zum Saal für Kalligraphie, zu Darels Kabinett. Vielleicht war es nur eine Windböe, die einmal quer durch den Palast fegte, aber in dem Moment, in dem der Wächter auf dem Boden des Beckens ankam, nahm ich das Donnern von in der Ferne zuschlagender Türen wie ein unheimliches Artilleriefeuer wahr. Und im Bassin kreiste ein Schwarm Störe um den gefallenen Riesen.

Darel war darauf getrimmt, eine Lüge zu erkennen, somit konnte er meinen letzten Strich auch nicht erahnen, denn er zeigte die Wahrheit. Die Feder sprang vom Papier und bohrte sich in seine Kehle. Meine Muskeln spannten sich in Erwartung einer Reaktion, doch Darel sah mich noch nicht einmal an. Er konnte die Linienführung einer Feder erkennen und hatte begriffen, dass dieser Bogen ein endgültiger war. Er bedeckte die Wunde mit seiner noch weißen, gleich darauf jedoch roten Hand und ging hinüber zu seinem Schreibtisch, um mit zittrigen Fingern, für die er sich sicher schämte, das gleiche Muster aufzumalen, das er mit ruhigem Puls auch mir ins Gesicht geschrieben hatte.

In den folgenden Jahren sollte ich jedes Mal, wenn ich mich im Spiegel betrachtete, die Hand beneiden, die mir dieses Zeichen beigebracht hatte, das mir damals noch völlig bedeutungslos schien. In ruhelosen Nächten zeichnete ich das Muster immer wieder nach, aber wenn ich an dem Punkt zu sein glaubte, das Rätsel zu lösen, übermannte mich doch der Schlaf.

Erst Jahre später und fernab der Heimat – die Wahrheit über die ägyptischen Hieroglyphen kam gerade ans Licht –, entdeckte ich in einer alten Zeitung die Bedeutung dieses Zeichens. Es war nämlich jene Hieroglyphe, die den Gott Thor, den Erfinder der Schrift, symbolisierte. Wie aber hatte Darel das wissen können? Und da erinnerte ich mich an eine Geschichte, die ich in de Vidors Schule gehört hatte: Es war die Geschichte einer alten Tradition unter Schriftgelehrten, die ohne Unterbrechung immer weitergegeben wurde, über Kontinente, Krisen und Kriege hinweg.

Manchmal, wenn ich mir im Licht des Mondes mein Gesicht in dem kleinen, gesprungenen Spiegel ansehe, der an der Wand hängt, denke ich, Darel hat mich gezeichnet, weil er mir zeigen wollte, dass mit mir etwas Großes und Geheimnisumwittertes zu Ende gehen würde.

Bestandsaufnahme

Auf einer Seite meines Schreibtisches stapelt sich die Arbeit: Akten überarbeiten, die dringend unterschrieben werden müssen, die Ausgaben der vergangenen Monate zusammenstellen, zwei Urteile abschreiben. Besonders wichtige Dokumente, die womöglich die Sicherheit des Landes gefährden können, bekomme ich nicht zu Gesicht, und das nicht etwa, weil ihnen meine französische Herkunft unheimlich wäre, sondern wegen jenes exotischen und unübersichtlichen Reiches, das man Vergangenheit nennt.

Nach den Ereignissen im Schloss von Arnim bin ich nach Ferney zurückgekehrt und habe dort siebzehn Jahre lang als Kalligraph gearbeitet. Ich habe es nie zu einer eigenen Werkstatt gebracht, dafür war mir das bequeme und sichere Leben wohl zu kostbar. An den Vormittagen war ich mit Voltaires Korrespondenz oder auch mit seinen Büchern beschäftigt. Nachmittags erwartete mich der geschäftliche Papierkram und die Redaktion anderer Dokumente. Es war ein entspanntes Arbeiten, und ich hätte gern bis ans Ende meiner Tage so weitergemacht.

Viele Jahre später aber, als Voltaire seine Reise nach Paris ankündigte, spürte ich, dass es auf Ferney nichts mehr für mich zu tun geben würde. Und mit diesem Gedanken war ich nicht allein. Auch die anderen machten sich mit jener Mischung aus besonderer Sorgfalt und Gleichgültigkeit an die Arbeit, mit der man etwas zum letzten Mal tut – ob es nun um das Putzen einer Vase, die Vorbereitung des Essens oder das Beschneiden der Stöcke gelber Rosen ging.

Wir, die wir Voltaire in seiner Kutsche ein Stück des Weges begleiteten, sagten die ganze Zeit über keinen Ton. Er ermunterte uns zu etwas mehr Ausgelassenheit, aber wir hatten das Gefühl, der Trauerzug zu seiner Beerdigung zu sein. Und wir hatten Recht mit unserem Verdruss: Paris hatte Voltaire erwartet, um ihn mit allen möglichen Auszeichnungen zu überhäufen, Besucherscharen im Hotel von Madame Villette an ihm vorbeizuschleusen, bis zur tödlichen Erschöpfung an seinen Kräften zu zehren – und dann wollten sie ihn nicht begraben.

Voltaires Herz kam zwei Monate nach seinem Tod auf Schloss Ferney an. Gerade mal auf dem Friedhof von Sellière, einem Vorort von Paris, wo Voltaires Neffe Abt war, fand man eine Lücke für ihn. Bevor sie den Körper begruben, schnitt ein Arzt ihm das Herz heraus. Er hatte versucht, es als spontanen Eingriff zu tarnen, aber für diejenigen, die die Sache aus der Nähe verfolgt hatten, war klar, dass die Entscheidung viel früher gefallen war, weil der Arzt in jener leidvollen und wirren Nacht verschiedene Behälter mit Salzen und einer blauen Flüssigkeit bei sich hatte, deren Ausdünstungen die Augen reizten. Ich habe keine Ahnung, wie erbittert um dieses Herz gestritten wurde, noch wer es nach Ferney schickte, denn gebracht wurde es von einem polnischen Boten, der kein Wort Französisch sprach und sofort wieder verschwand.

Inmitten der Unordnung, die inzwischen in dem Gebäude herrschte, wurde das Herz im Kuriositätenkabinett neben die Geschenke gestellt, die erlauchte Persönlichkeiten aus fernsten Ländern über die Jahre mitgebracht hatten. Seit dem Tod Voltaires hatte niemand mehr seinen

Fuß in das Zimmer gesetzt, dessen weit gereistes Inventar längst von Spinnweben und Staub in Besitz genommen worden war. Der Hausherr war fort, und nun schien auch das Gebäude selbst zu erkranken und zu sterben. So wurde das Herz zwischen Steinen, die in der Dunkelheit leuchteten, Seeungeheuern und den Gebeinen von Einhörnern vergessen.

Ich wurde dazu auserkoren, eine komplette Bestandsaufnahme zu machen. Kaum hatte ich die einzelnen Gegenstände allerdings notiert, waren sie auch schon verschwunden, und das Kuriositätenkabinett war nach kurzer Zeit so gut wie geräumt. Dafür sah ich die Kinder der Bediensteten im Garten häufig mit dem Kieferknochen eines Wals spielen, oder mit einem weißen Bärenfell oder mit der mumifizierten Hand eines Märtyrers.

Zuerst bemühte ich mich noch darum, eine gewisse Ordnung wiederherzustellen, dann aber mischte ich mich selbst unter die Diebe und versteckte das Herz unter meinen Kleidern. Ich vertuschte die Tat mit dem einbalsamierten Herz einer venezianischen Gräfin aus dem XVI. Jahrhundert. Ein Freund von Voltaire, Monsieur Paulmy, hatte es ihm einmal geschenkt.

Einen Tag vor meiner Abreise schloss ich die Inventur ab. Meine Schrift war nicht mehr dieselbe wie zu Beginn meiner Laufbahn. Jetzt war sie aufrecht und ohne Schnörkel, denn ich wollte niemanden mehr beeindrucken. Es war die Schrift eines Menschen, der wusste, dass das, was er aufschreibt, ebenso viel verbirgt wie es zeigt, genau wie die verlorenen Gegenstände.

Katharina von Russland hatte das gesamte Archiv geerbt, und so machten sich Sekretäre und Archivare, Zeit ihres Lebens an die Papiere gekettet, auf den Weg nach Osten. Ich wünschte mir für mich ein anderes Schicksal und ging, Voltaires Herz im Gepäck, nach Paris zurück.

Vormittags arbeitete ich als Spezialist für kalligraphische Werkzeuge im Haus Siccard (die Aktivitäten im ersten Stock waren eingestellt worden), und an den Nachmittagen suchte ich nach Clarissa. Doch weder von ihr noch von ihrem Vater war in der Stadt auch nur die kleinste Spur geblieben. In gewisser Weise habe ich die Suche auch jetzt noch nicht aufgegeben. Selbst in diesem so weit entfernten Hafen mache ich alle Passagiere ausfindig, die in Frankreich Station gemacht haben, und frage sie, ob sie jemals den Namen von Knepper gehört haben.

Auf meinem ganzen Weg traf ich nur auf einen Menschen, der mir weiterhelfen konnte, und diesen Menschen habe ich verloren. In der Nacht, bevor ich an Bord ging, spazierte ich am Ufer der Seine entlang, als sich ein zerlumpter und unrasierter Mann vor mir aufbaute. Von weitem hatte ich ihn schon das ein oder andere Mal gesehen und beobachtet, wie er Passagiere aufhielt, ihnen zeigte, was er in seiner Tasche hatte, und sie dann weiterziehen ließ. Er wirkte harmlos, an diesem Abend aber flößte er mir Angst ein. Einen Moment lang hatte ich das Gefühl, er wolle mich umbringen, und ich zog die einzige Waffe, die ich hatte, die Feder, die Silas Darel auf dem Gewissen hatte. Trotz des Bartes und der Dunkelheit begriff ich plötzlich, dass Mattioli vor mir stand. Er hingegen schien mich nicht zu erkennen. Während er mir den Inhalt der Tasche zeigte, die er kaum tragen konnte, fragte er: »Haben Sie diese Frau getroffen?«

Fast ohne Stimme verneinte ich.

»Dann ist alles vorbei«, sagte der Maler, als hätte er mit diesem Satz auch die letzte Hoffnung verloren, weil es niemanden mehr in der Stadt gab, den er noch hätte fragen können. Mit einer Unbeschwertheit, die über die Gefahr hinwegtäuschte, in die er sich begab, kletterte er auf das Brückengeländer. Bevor er sich versicherte, dass der Strick, der seinen Hals mit der Tasche verband, gut verknotet war, betrachtete er noch ein letztes Mal den Kopf aus Marmor. Ich lief zu ihm, um ihn zurückzuhalten: Auch ich wollte die eiskalten Lippen noch einmal küssen. Aber ich kam zu spät. Mattioli presste sich die Tasche mit dem Kopf vor die Brust und sprang in das dunkle Wasser. Mit ihm ging das letzte Bild von Clarissa unter.

Buenos Aires,
Dezember 1998 – Juli 2001

Pablo De Santis

Pablo De Santis wurde 1963 in Buenos Aires geboren. Schon als Kind war er ein Vielleser, und später studierte er Philologie. Ursprünglich arbeitete De Santis als Drehbuchautor fürs Fernsehen und schrieb – in bester argentinischer Tradition – Comic-Szenarios. Seine Jugendbücher – das erste veröffentlichte er mit zweiundzwanzig Jahren im Eigenverlag – machten ihn in Argentinien bekannt. Mit seinen beiden Romanen »Die Fakultät« und »Die Übersetzung« (für den er in die Endauswahl für den Premio Planeta Argentina kam) schaffte er international den Durchbruch.

Die Beschäftigung mit Sprache, Literatur und Philosophie prägt De Santis' Werk, sowohl »Die Fakultät« als auch »Die Übersetzung« handeln von den abgründigen Aspekten von Literatur. »Die Geschichte des Abendlandes ist ja schon immer eine Geschichte der Zerstörung von Büchern gewesen. Und eine Geschichte der Angst vor Büchern ...« Seine stets leicht satirischen Romane sind irgendwo zwischen Umberto Eco, Antonio Tabucchi und Stephen King angesiedelt. De Santis ist vom Wort fasziniert: »Früher konnten Worte geheimnisvoll und mächtig sein – entweder als Orakel oder als Zauberspruch. Heute scheinen Worte oftmals weniger zu bedeuten, als sie eigentlich bedeuten. Die Autoren, bei denen dieser Verlust am eindrücklichsten gestaltet ist, sind Kafka und Beckett.«

Als literarische Vorbilder nennt De Santis den argentinischen Meistererzähler Jorge Luis Borges und vor allem Bioy Casares. In De Santis' Erzählungen wird die Sprache zu einer Metapher für soziale Probleme, seine Motive muten kafkaesk an. Über seine argentinische Herkunft sagt er: »In vielen Ländern war oder ist der Kriminalroman marginalisiert, keine ernst zu nehmende Literatur. Bei uns war das dank Borges anders. Es ist hier kein Problem, Literatur mit Elementen des Kriminalromans zu schreiben.«

Bibliographie

Belletristik:
Espacio puro de tormentas (1985), *El palacio de la noche* (1987), *La traducción* (1998; dt. *Die Übersetzung,* 2000), *Filosofía y Letras* (1998; dt. *Die Fakultät,* 2002), *El teatro de la memoria* (2000), *El calígrafo de Voltaire* (2001; dt. *Voltaires Kalligraph,* 2004)

Essays:
Historieta y política en los ochenta (1992), *Rico Tipo y las chicas de Divito* (1995), *La historieta en la edad de la razón* (1998)

Kinder- und Jugendliteratur:
Desde el ojo del pez (1991), *La sombra del dinosaurio* (1992), *Pesadilla para hackers* (1992), *Lucas Lenz y el museo del universo* (1992), *El último espía* (1992), *Astronauto solo* (1993), *Transilvania Express* (1995), *Invenciones argentinas* (1995), *Las plantas carnívoras* (1995), *Páginas mezcladas* (1996), *Rompecabezas* (1996), *Enciclopedia en la hoguera* (1996)

Voltaires Kalligraph: mehr als eine klassische *gothic novel*

Nichts ist schwieriger als das Leichte. Oder wie Pablo De Santis in einem Interview sagte: »Damit die Leser weiterlesen, muss man langsam und aufmerksam schreiben«. Vor allem gilt das, möchten wir hinzufügen, wenn in einen leichten, schlanken, schnellen und spannenden Roman wie *Voltaires Kalligraph* fast das ganze 18. Jahrhundert hineingepackt ist und unsere Vorstellung vom 18. Jahrhundert gleich mit und das Ganze mit den Augen des 19. und des 20./21. Jahrhunderts gleichzeitig gesehen wird. Aber halt, das hört sich furchtbar kompliziert an.

Pablo De Santis hat, wie wir aus seinen beiden anderen Romanen, *Die Übersetzung* und *Die Fakultät* wissen, die magische Fähigkeit, das ganz Normale einen kleinen Millimeter zu verrücken, und es dadurch in einem sehr seltsamen Licht erscheinen zu lassen. Bei *Voltaires Kalligraph* ist das Normale sozusagen das, was wir über das Zeitalter der Aufklärung gelernt haben.

Zum Beispiel der »Fall Calas« – ein Justizskandal, der das vorrevolutionäre Europa erschüttert hat wie kaum ein anderer. 1761 trugen sich die Ereignisse in Toulouse zu, an deren Ende die grausame Hinrichtung des Jean Calas stand. Formalrechtlich völlig unkorrekt, moralisch-ethisch empörend, willkürlich. Voltaire machte den Skandal öffentlich (in seinem berühmten *Traité sur la tolérance*) und kämpfte für die Rehabilitierung Calas', die 1765 dann auch erfolgte. In der Tat bediente er sich dazu eines Netzwerks von Zuträgern und rührte sich selbst nicht von seinem Schloss Ferney bei Genf weg. Aber dass er am Ende die Hinterbliebenen der Familie Calas als Schauspielerinnen bei seinem kleinen Privattheater beschäftigt habe – dies ist ein typischer De-Santis-Dreh, der leicht ins Gruslige schlägt.

Oder zum Beispiel die Automaten: Julien Offray de La Mettries berühmtes Buch *L'homme machine* (1748) gab die rational-mechanistische Vorlage für allerlei Automaten, in denen man den Triumph der Mechanik, des Machbaren über Irrationalismus und Metaphysik zu sehen glaubte; mechanische Menschen wie Vaucansons *Flötenspieler*, der *Schreiber* von Vater und Sohn Jaquet-Droz oder Wolfgang von Kempelens *Schachtürke* waren Sensationen an Europas Höfen. Das Grauen vor ihnen aber wurde erst ein Thema des 19. Jahrhunderts – E.T.A. Hoffmanns »Der Sandmann« und »Die Automate«, Edgar Allan Poes »Maelzel's Chess-Player« oder Ambrose Bierce' »Moxon's Master« waren Schlüsselwerke der Rationalismus-Kritik des romantischen 19. Jahrhunderts oder Warnung vor einer allzu technologiegläubigen Zeit wie Villiers de L'Isle-Adams *L'Eve future*. Das leichte Schaudern, das uns De Santis' Automaten bescheren, speist sich aus der Perspektive des 19. Jahrhunderts, aber nicht nur: De Santis setzt noch einen drauf und verschiebt seine Perspektive bis zu dem großen amerikanischen Schriftsteller Philip K. Dick (den De Santis für so bedeutend wie James Joyce hält) und dessen Androiden und Replikanten, die die Unterscheidbarkeit von Mensch und Maschine unmöglich machen.

Ein drittes und letztes Beispiel: Der nette Ex-Henker Kolm, der Dalessius zur Seite steht, ist als »Soziotyp« ein naher Verwandter der Henkerssippe Sanson, deren Memoiren, hauptsächlich im 18. Jahrhundert spielend, ein großer Bucherfolg des 19. Jahrhunderts waren. Für Kolm endete sein Traum von einer perfekten Tötungsmaschine bekanntlich fatal, und es blieb dem berühmten Dr. Guillotin überlassen, dem Hinrichten einen quasi demokratischen Charakter zu verleihen.

Pablo De Santis spielt mit all diesen kulturhistorischen Andeutungen, Verweisen und Tricks, sodass wir uns in einer fast klassischen *gothic novel* zu befinden glauben – mit mörderischen Mönchen, festungsartigen Klöstern, Theaterdonner, leichentransportierenden Linien-Kutschen, bizarren Bordellen und tausend anderen, sehr komischen Einfällen. Komik und Ironie lagen aber den »Originalen«, also den Schauer- und Geheimbund-Romanen von Schillers *Der Geisterseher* bis Walpoles *The Castle of Otranto* doch sehr fern. Der Hintergrund, den De Santis zeichnet, die Macht- und Positionskämpfe des Klerus gegen die aufklärerische Dynamik der Enzyklopädisten um Diderot, d'Alembert und eben Voltaire, ist so präzise ausgespinselt, dass uns ein Kalligraph, der nicht dem Druck, sondern der Schrift vertraut, nicht besonders erstaunt. Selbst wenn er Voltaires Herz in ein unbenanntes Buenos Aires verschleppt, obwohl wir doch sicher wissen, dass es von einem gewissen Marquis de Villette vergoldet und dem uns aus unserem Roman bekannten Sekretär auf Schloss Ferney, Wagnière, zur treuen Verwaltung übergeben wurde, der damit aber nichts Rechtes anzufangen wusste.

Pablo De Santis schon.

Die *gothic novel*, könnte man sagen, war das schlechte Gewissen des 18. Jahrhunderts gegenüber der Aufklärung, die Automatenthematik das schlechte Gewissen des 19. Jahrhunderts gegenüber der um sich greifenden Technologie, und der Topos der Androiden, Roboter, Clons, Cyborgs und Replikanten ist Ausdruck einer nunmehr universalen Paranoia des 20. Jahrhunderts.

Und was ist dann *Voltaires Kalligraph?* Die Freude an einem schön geschriebenen Mord-Roman, der die Kulturgeschichte nicht als verstaubtes Möbel sieht, sondern als durchaus aktuellen Schauplatz, den man nur ein klein wenig anders, ein klein wenig schräg und mit leicht ironischem Blick angucken muss – und schon beginnen die absonderlichsten Traumgestalten ein kluges und unterhaltsames Eigenleben und -sterben.

Thomas Wörtche

Die Übersetzerin

Claudia Wuttke, geboren 1966 in Berlin, studierte Soziologie, Philosophie und Komparatistik in Hamburg, Madrid und Berlin. Sie arbeitete mehrere Jahre als Lektorin und war dann als Literaturagentin in Bad Homburg tätig. Inzwischen lebt sie als freiberufliche Agentin und Übersetzerin in Hamburg.

Weitere Bücher aus dem Unionsverlag ...

Leonarda Padura
Das Havanna-Quartett

Mario Conde, der belesene und melancholische Polizist aus Havanna, erkundet den kubanischen Alltag.

»Wir erleben Havanna live.« *Neue Zürcher Zeitung*

Ein perfektes Leben *Das Havanna-Quartett: »Winter«*
ISBN 3-293-00315-X. Im Juli 2003 erschienen
Das Leben des hohen Wirtschaftsfunktionärs und vorbildlichen Genossen Rafael Morín war nur scheinbar perfekt. Mario Conde muss sich der verlorenen Liebe zu Tamara stellen – und gleichzeitig den Träumen und Illusionen seiner eigenen Generation.

Handel der Gefühle *Das Havanna-Quartett: »Frühling«*
ISBN 3-293-00322-2. Im Februar 2004 erschienen
Mario Conde dringt ein in eine Welt der Vetternwirtschaft, der Drogen und des Betrugs. Und er verliebt sich leidenschaftlich in die schöne, jazzbegeisterte Karina, ohne etwas vom tragischen Ausgang dieser Liebesgeschichte zu ahnen.

Labyrinth der Masken *Das Havanna-Quartett: »Sommer«*
ISBN 3-293-00323-0. Erscheint Herbst 2004
Der exzentrische, homosexuelle Marqués – kultiviert, intelligent und mit feiner Ironie begabt – lebt geächet in einem zerfallenden Haus. Er führt Mario Conde in eine düstere Welt ein, in der jedermann die ganze Wahrheit über den ermordeten Transvestiten Alexis Arayán zu kennen scheint.

Das Meer der Illusionen *Das Havanna-Quartett: »Herbst«*
ISBN 3-293-00324-9. Erscheint Frühjahr 2005
Miguel Forcade Mier, seit 1978 in Miami im Exil, wird kurz nach seiner Rückkehr nach Kuba ermordet aufgefunden. Nach der Revolution war er mit der Enteignung des Kunstbesitzes der kubanischen Bourgeoisie beauftragt und schaffte sich zahlreiche Feinde. Die Ermittlungen werfen Mario Conde aus der Bahn.